ジェイク・ラマー/著
加賀山卓朗/訳

ヴァイパーズ・ドリーム
Viper's Dream

扶桑社ミステリー
1694

ドーリに

殺人を犯すくらいのことだよ、覚悟を決めた演奏というのは。
――デューク・エリントン

ヴァイパーズ・ドリーム

登場人物

クライド・“ヴァイパー”・
　モートン ―――――― ジャズトランペッターを志望する青年。アラバマ州ミーチャム出身

ヨランダ・デヴレイ ―――― 歌手をめざす少女。ニューオーリンズ出身

オスカー・“ポークチョップ”・
　ブラッドリー ―――――― ジャズクラブ〈ミスター・O〉のバンドマスター。ベーシスト

エイブラハム・オーリンスキー ― ハーレムのギャング。通称ミスター・O

ピーウィ ―――――― ミスター・Oの運転手

マチルダ ―――――― ミスター・Oのメイド長。ヨランダのおば

プリティ・ポール・バクスター ― スター歌手。麻薬の売人という顔も持つ

ランドール・“カントリー”・
　ジョンソン ―――――― カンザス出身の青年

ダン・ミラー ―――――― 〈シュナイダー・ミラー&ブルーム〉法律事務所の弁護士

サディアス ―――――― クライドの兄。プルマン列車のポーター

バーサ ―――――― ミーチャムでのクライドの婚約者

レッド・カーニー ―――――― ニューヨーク市警察の刑事

パノニカ・ド・
　コーニグズウォーター ―――― 〈キャットハウス〉の主人。通称女男爵《バロネス》

1

「教えて、ヴァイパー」女男爵《バロネス》が尋ねた。「あなたの三つの願いは何？」

一九六一年十一月の話をしよう。真夜中《ラウンド・ミッドナイト》の〈キャットハウス〉。ジャズミュージシャンが二十人ほど、部屋のあちこちで話しては笑い、酒を飲んでくだらないことを言い合い、食べたり煙草《たばこ》を吸ったり、自分の楽器をいじったりしていた。遠い一角からベースを爪弾《つまび》く音が聞こえ、別の隅ではサックスが調子っぱずれに吠《ほ》え、ピアノの鍵盤が軽《かろ》やかに戯れるような音を鳴らしていた。ニャア、グルグル、シャーという不協和音や、家具を引っかく爪の音なんかも聞こえる。〈キャットハウス〉は、ジャズ界の二足歩行の黒猫たちの第二の家であり、百匹を超える猫たちの実の家でもあった。

〈キャットハウス〉の主は女男爵《バロネス》パノニカ・ド・コーニグズウォーター、通称〝ニカ〟だ。ヨーロッパの名門ロスチャイルド家の遺産相続人で、ある日突然ニューヨークのジャズ界におり立ち、ビバップ世代の後援者、庇護《ひご》者、支持者になった。かつては夜な夜なマンハッタンじゅうの一流ホテルでジャムセッションパーティを開いていたが、愉しい時間は、バロネスが住む〈スタンホープ・ホテル〉のスイートルームでチャーリー・パーカーが急死して終わった。ホテルの経営層が機嫌を損ねたのだ。六年前のことだった。ニカはその後のスキャンダルもあって（セロニアス・モンクらとのドライブ旅行中にマリファナ所持で逮捕された）、市内で夜通しジャムセッションができる場所を見つけられなくなった。そこで、マンハッタンから橋を渡ってすぐのニュージャージー州ウィーホーケンに、巨大なピクチャーウィンドウからきらめく大都会の壮大な景色が見える、バウハウス（ドイツで設立され、モダニズムの源流となる芸術や建築の教育をおこなった学校と、その機能主義的な様式を指す）ふうのこの大邸宅を買ったのだ。セロニアス・モンクは〈キャットハウス〉に住んでいるも同然だった。ここに顔を出したり、立ち寄ったり、しばらく滞在したミュージシャンの名をあげれば、デューク、サッチモ、デクスター、ディジー、ミンガス、マイルス、コルトレーン……と切りがない。聞いたことのある人物がたくさんいるだろう。聞いたことがないのはもっといる。この話の主人公は、おそらく聞いたことがないほうの人物だ。彼はミュージシャンではないが、〈キャットハウス〉でほかのジャズメンと同様に歓迎された。その名はクライド・モートン。けれど人はみな、彼を〝ヴァイパー〟と呼んだ。

名前を知らなくても、その姿は一九三〇年代の画質の粗い白黒写真で見ているのではないか。彼はしょっちゅうジャズクラブやレコーディングセッション、即興のジャムセッションの暗がりをうろついていた。いつも目立たない場所でスーツをびしっと着て、如才なく笑みを浮かべていた。細い口ひげを生やし、髪をつやつやになでつけて、ライブ後のパーティで、テーブルのいちばん奥の席で、半分空《あ》いた酒のボトルや吸殻があふれる灰皿、鶏の骨が積み上がった皿のまえに坐《すわ》っている彼を見たのではないだろうか。あの姿を。物憂《ものう》げだが危険なあの表情を。じっと坐って静かに油断なく周囲をうかがっていた。たしかに彼にはどこか爬虫類《はちゆうるい》を思わせるところがあった。クライド・〝毒蛇《ヴァイパー》〟・モートンを誰もが怖れていた。おそらくバロネスを除いて。

「ハックション！」

「ヴァイパー、アレルギーなの？」

「多少」

「知らなかった」

「気にするほどじゃない、ニカ」

「驚いた。あなたには弱点なんてひとつもないと思ってたのに。涙が出てる？」

「なんでもないさ、ニカ」

「ヴァイパー、あなた泣いてるの？」

「いや、猫だろ」

「飲み物を持ってくるわ。バーボンのオンザロックでいい？」

「ああ」

そう、ヴァイパーはミュージシャンではない。ミュージシャンになりたい願望はあった。肝腎の才能がなかったのだ。とはいえ、みずから音楽は作れなくても、作れる人たちが必要とする刺激、創造の秘薬を提供することで彼らの役に立とうと考えた。この夜も〈キャットハウス〉で、ヴァイパーはジャズメンにいつもどおりの感謝と敬意で迎えられた。

「やあ、ヴァイパー、調子はどう？　こないだは例のあれ、ありがとな」

「ヴァイパー、今夜はあのとびっきりのやつ、持ってきてくれたか？」

「なあ、あのハーブ、カリフォルニア産かインドシナ産か知らんが、先週の〈ヴァンガード〉のライブでむちゃくちゃハイになれたぜ……あんな演奏ができたのは初めてだ。サンキュー、ヴァイパー！」

その夜は〈キャットハウス〉にいたほぼ全員がグ、リ、ー、ン・レ、デ、ィ、をやり、室内にはマリファナの甘い香りが満ちていた。それはすべて――一オンス、一グレインに至るまで――クライド・モートンが直接か、ディーラーのネットワークをつうじて提供したものだった。

「なあ、そのジョイント、おれにもくれよ」

「もう一服しな。そしたらBフラットでやってみようぜ」

「だめだめ、それじゃポップスだろうが、最後にトランペットがそんなに金切り声になっちゃ。もっとこう、軋《きし》むようにさ……」

ヴァイパーはニカのリビングルームのソファにもたれ、物憂げに、油断なくまわりを見ていた。バロネスを除いて誰ひとり、この夜のヴァイパーの様子が少しおかしいことには気づかなかったが、じつは涙をこらえていたのだ。いまの天職について二十五年。一九六一年十一月のこの夜までに人を殺したのは、二回だけだった。今夜、ヴァイパーは三度目の殺人を犯した。二十五年で人の命を奪ったのは三度だが、それを悔やんだのは初めてだった。

＊

一時間前、クライド・モートンはレノックス・アベニューの電話ボックスで、古くからの友人である警官の番号をダイヤルした。

「やあ、カーニー刑事」

「ヴァイパーか？」

「ヨランダのアパートメント・ハウスにパトカーをやってくれ。あと救急車も」

「誰か死んだのか？」

「それかヨーロッパへ飛べ。すぐにだ、ヴァイパー。三時間たったら、おれはおまえを追う。三時間。やれるのはそれだけだ」

「いいか、国から出ろ。カナダへ行け。メキシコでもいい。

「ありがとう、カーニー、と言うべきかな」

「三時間やる、ヴァイパー、それ以上は無理だ」

「ああ」

カチッ……ツー、ツー、ツー。

ヴァイパーはめまいを覚えながら、嫌なにおいがこもった電話ボックスからレノックス・アベニューのネオンと喧騒《けんそう》のなかに足を踏み出した。起きたこと、やってしまったこと、犯した罪、生まれながらの罪が束になって、マリファナが効くときのように意識に沁《し》みこんできた。涙で眼がちくちく痛み、視界がぼやけた。夢を見ているようだが、人生が走馬灯のように駆けめぐるというより、過去のすべてが押し寄せてくる感覚だった。熱に浮かされ毒気を含んだ、眼前の愛してやまない大通りの情景を体に取りこんだ。肌に冷気と霧雨を感じたが、大通りはまだナイトライフでにぎわっていた。行き交う車や人、おしゃべりの声。人々が通りを走り、バーやクラブからあふれ出す。レストランのドアが開き、食欲をそそる香辛料のにおいが突風のように吹きつけて、ヴァイパーは胸いっぱいに吸いこんだ。厨房《ちゅうぼう》の油、フライパンでカリッと揚がるチキン、濃厚なバーベキューソース、大地で育つコラードグリーンのこの上ないにおい。南部の伝統料理と言われたものだ。〝ソウルフード〟という新語も生まれた。黒人料理。故郷の香り。アラバマ州ミーチャムの母親の台所。それが黒人のアメリカの首都で再現されていた。

「黒人たち、目を覚ませ！」ヴァイパーが目をやると、黒いコートを着て刺繍《ししゅう》つきのスカルキャップをかぶったこぎれいな若者が、通りの角で脚立の上に立ち、見向きもせずに通りすぎる人々に熱心に呼びかけていた。「アメリカはわれわれのものじゃない。この国はわれわれの国じゃない。祖先が三百年も奴隷として暮らしたのに、この国は決してわれわれのものにはならない。黒人にアメリカン・ドリームなんてない。夢から覚めろ！　われわれ黒人の母国はアフリカだと気づけ！　帰らないと――母国アフリカへ！」

ヴァイパーは涙を押しとどめながらも、つい苦笑いした。アフリカ系アメリカ人の宇宙の中心、ハーレムに到着したその日から四半世紀のあいだずっと、同じ通りの角で同じ演説を聞いていた。やかましくふてぶてしいレノックス・アベニューに立って、今夜起きたこと、三度目の殺人を犯したことの衝撃にふらつきそうになりながら、ヴァイパーは、この愛しの性悪女ハーレムを見るのは最後になるかもしれないと思った。

「われわれは自分たちの歴史すら知らない」刺繍スカルキャップの若者は、霧雨が煙るなか、足早に通りすぎる人々に叫んだ。「黒人は過去を忘れてしまった!」

この若いブラザーの言うことはたぶん正しい、とヴァイパーは、波のように押し寄せる過去につぶされそうになりながら思った。レノックス・アベニューが渦を巻いている気がした。

Haarlem、aはふたつだぞ——若きクライド・モートンにこの地名の本来の綴《つづ》りを初めて教えたのは、ミスター・Oだった。ニューヨークは部族的な土地なんだ、とミスター・Oは言った。まだクライドがヴァイパーと呼ばれるまえのことだ。マンハッタン北部の草原には、もともとアルゴンキン先住民族が暮らしていた。十七世紀にオランダ民族がやってきて、この土地を占領し、オランダの都市の名前をつけた。大部分が農地だったが、十九世紀なかばになると、おもにイギリス人プロテスタントの末《まっ》裔《えい》である貴族階級の白人ニューヨーカーが、過密になったロウアー・マンハッタンから逃れようと、この田園地帯に邸宅を建てはじめた。ハーレム・レーンでは馬車レースが開催された。ハーレム川の土手には、シルクハットをかぶった紳士とパラソルを手にした淑女たちが、週末のボートパレード見物に詰めかけた。その後、ユダヤ民族が来ると、都市化が急速に進み、連棟住宅や共同住宅が建ち並んだ。二十世紀初めにはイタリア系民族がハーレムを引き継いだ。アッパー・マンハッタンに〝リトル・イタリー〟ができ、やがてロウアー・マンハッタンに移った。次にやってきたのが、ディープ・サウス（通常、ルイジアナ、ミシシッピ、アラバマ、ジョージア、サウスカロライナの五州）から逃れてきた大勢の黒人だった。クライド・モートンもそのひとりだ。東部にはラテン系民族が住みつき、〝スパニッシュ・ハーレム〟と呼ばれるようになった。しかしヴァイパー・モートンにとって真のハーレム、この場所で脈打つ心臓は、黒人だった。

「偉大なる指導者マーカス・ガーベイは正しかった」若いスカルキャップ男は叫んだ。「われわれはアフリカへ帰るべきだ！」

よく口にされる文句だが、ヴァイパーはいつも少し困惑した。行ったこともない場所にどうやって帰れというんだ？　ちょうどレッド・カーニー刑事から、カナダかメキシコかヨーロッパへ逃げろと言われたところだった。もしかすると、ナイロビ行きの飛行機に乗るべきなのかもしれない。

そのとき眼のまえにバロネスの銀色のベントレーが停まったのだ。

「ヴァイパー、ずいぶんしょんぼりしてるじゃないの」

運転席の彼女はシガレットホルダーをくわえていた。その隣で、シルクの黒い中華帽をかぶったセロニアス・モンクが宙を見つめていた。

「たぶんずっとあんたを待ってたんだ、ニカ」ヴァイパーは言った。「帰るところなの。乗りなさいよ」

ヴァイパーは後部座席に乗りこんだ。「やあ、モンク」

「よう、ヴァイパー」ピアニストは不機嫌な声で応じた。

〈キャットハウス〉の番長《トップキャット》はモンクだとみなが思っている。肌寒い霧雨が降るこの月曜の夜、セロニアスは黒い中華帽をこれ見よがしにかぶったまま、ニカのリビングルームの隅に置かれた肘掛け椅子《いす》に坐った。明らかにピアノを弾く気はない。煙草を吸う気も、誰かと話す気もないらしく、ただ隅っこに坐って静かに睨《にら》みをきかせていた。

ヴァイパーは〈キャットハウス〉にとどまることにした。あと二時間もすればレッド・カーニーが捕まえに来る。覚悟しなければならない。三度目の殺人を犯したこの夜が、人生最後の夜になるかもしれなかった。

「バーボンよ、ヴァイパー」

「ありがとう、ニカ」

「質問してもいい？」

「質問による」

「もし三つの願いがすぐに叶《かな》えられるとしたら何がいい？」

「おれをからかってるのか、バロネス？」

「大まじめよ。最近始めたんだけど。みんなにこの質問をしてるの。そう、みんな興味深い答えを返してくれる。それを書き留めてるの」

「書き留める？」

「自分で書いてもいいけど」

「なんでまた？」

「後世に残すためよ、もちろん。さあ、教えて、ヴァイパー、あなたの三つの願いは何？」

「やれよ、ヴァイパー」ピアニストのソニー・クラークが、凧《たこ》のようにハイになってふらふらと近づいてきた。「おもしろいぜ。おれもゆうべ訊《き》かれた」

「ああ、ソニー」ヴァイパーは言った。「で、あんたの三つの願いは？」

「一、金。二、世界じゅうのいい女《ビッチ》。三、世界じゅうのスタインウェイ！」

ソニーとヴァイパーとニカは笑った。

「わかったよ、バロネス。考えさせてくれ」

「はい、メモ帳と鉛筆。つき合って、ヴァイパー。自分の願いに驚くかもしれないわよ」

ヴァイパーは真剣に考えることにした。メモ帳と鉛筆とバーボンのグラスをコーヒーテーブルに置いて坐った。ジョイントを取り出して火をつけた。もう一年以上もハイになっていなかった。長く吸いこみ、ゆっくりと煙を吐いた。レノックス・アベニューで襲われた感覚に身をゆだねた。押し寄せてくる過去の波に運ばれ、流されるままに。目を閉じて、故郷のアラバマ州ミーチャムにいる一九三六年の自分を思い浮かべた。

＊

「ニューヨーク行き、ご乗車ください！」車掌が大声を張りあげた。

クライド・モートンは婚約者のバーサと、駅の有色人種用待合室のベンチに坐っていた。片手にスーツケースを持ち、もう一方の手でトランペットのケースを取って立ち上がった。

「やっぱりわたしを捨てるの、クライド?」バーサが声を震わせた。

「おまえじゃない、バーサ。アラバマ州ミーチャムを捨てるんだ。南部を」

「でもわたしたち、ここでうまくやっているじゃない。ふたりとも高校の卒業証書をもらった。ふたりして紡績工場のいい仕事にもついたのに」

「おれはそれじゃ満足できない」

「あなたを愛してるの、クライド。わたしたち、婚約したのよ。わたしの愛だけじゃ足りないの？」

「ニューヨーク行き、ご乗車ください！」車掌がふたたび叫んだ。

「おれには音楽の才能があるんだ、バーサ。ウィルトンおじさんに言われた」

「でもクライド、あなたのおじさんは渡り労働者《ホーボー》でしょう。ただの酒飲みで泥棒で嘘《うそ》つきよ！」

「でも、ギターを弾けるのは確かだ」

「ブルースでしょう。あれは悪魔の音楽よ」

「おれなんてジャズだ、バーサ。もっと邪悪でもっと罪深い」

　クライドはプラットフォームに向かった。バーサはあとを追いかけた。

「でもクライド、もしそこまでじゃなかったら、もしうまくいかなかったら、どうするの？」

「おれはそこまでなんだよ。うまくいく」

「行かないで、クライド！」

「ご乗車ください！　ニューヨーク行き、最終案内です！」

　バーサはたまらずクライドにしがみつき、服を引き裂かんばかりに引っ張って、停車中の列車へとプラットフォームをずんずん進むクライドを待合室に連れ戻そうとした。

「行かなきゃ、バーサ！　放してくれ！」

「行かないで、クライド！」バーサは突然ヒステリックな声をあげた。「お願い、捨てないで、クライド！　捨てるなら自殺するから！」

「放せったら！」クライドが引きはがすと、婚約者は膝からくずおれた。

「本気だから。死んでやる！」バーサは必死に這《は》ってあとを追い、クライドの脚をつかんだ。

「くそっ、バーサ、放せ！」

クライドはどうにかバーサを引き離すと、列車に乗りこんだ。背後で鉄の扉が大きな音を立てて閉まった。窓の外ではバーサがプラットフォームに崩れたまま、悲痛な声で叫びつづけていた。「死んじゃうから！」

列車のエンジンが始動し、鋼鉄の車輪が線路で軋んだ。列車が駅から離れるにつれ、窓の外でまだ泣き叫んでいる婚約者の声が遠ざかっていった。「捨てないで、クライド！　死んじゃうから！　殺すわよ、わたしたちの……」

汽笛がバーサの声をかき消した。叫んだ最後のことばはクライドの耳に届かなかったが、それが何だったか、彼にはわかった。

＊

「終点です」車掌が叫んだ。「ニューヨーク！」

ペンシルヴェニア駅に着くと、クライド・モートンは初体験となる地下鉄のA列車に乗った。一九三六年九月、地下から明るく清々《すがすが》しい午後の地上に出ると、クライドはハーレムの栄光のなかに足を踏み出した。騒音、活気、そして黒人だらけの光景にたじろいだ。あらゆる職業や階層の黒人がいた。ビジネスマン、ビジネスウーマン、乳母車を押す母親、通りの角に立つ説教者、ホームレスやアル中、建物の入口をうろつく後ろ暗い女性、教師のように見える折り目正しい女性、道端でダイスゲームをする男たち——そして黒人の警官まで！　クライドは片手にスーツケースを持ち、大事なトランペットが入ったハードケースを脇に抱えて、茫然《ぼうぜん》と歩きまわった。まぬけな田舎者になった気分で眼を見開き、口をポカンと開けていた。何しろ、それまでに見たいちばんの都会はアラバマ州バーミングハムだったのだ。

夜になっても、ただぐるぐると歩きまわっていた。レノックス・アベニューから七番街まで行き、もう一度レノックス・アベニューへ。〈アポロ・シアター〉、〈サヴォイ・ボールルーム〉、〈スモールズ・パラダイス〉、それまでラジオでしか聞いたことがなかった場所を自分の眼で見た。そのときには知らなくても、近い将来なじみの場所となる〈レッド・ルースター〉、〈グラディスス・クラム・ハウス〉、〈ティリーズ・チキン・シャック〉も。しゃれた白人カップルが高級車を停めてアップタウンの一夜の冒険にくり出す横で、負けず劣らず粋な黒人カップルが、少しも臆することなく白人たちのまえを通りすぎるのを見て、クライドは唖然《あぜん》とした。有色人種にはどことなく偉ぶったわがもの顔の雰囲気さえあった。これがハーレムだ。ここはおれたちの縄張りだ。

安い簡易宿で宿泊手続きをすますと、部屋の狭いベッドに横たわり、やみそうにない通りの音をまんじりともせずに聞いていた。いつ眠ったのだろうか、トラックの騒音や学校にかよう子供たちの声、汚れた窓から射しこむ太陽の光にハッと目を覚ました。正午になっていた。クライドは街角の食堂に入って、ハムエッグとコーングリッツ（トウモロコシ粉を粥にした南部の伝統料理）の朝食を終えると、トランペットを脇に抱え、運命が待ち受けていると確信して通りを歩いた。運命はそこにあった。気づくと、前夜に通りすぎたナイトクラブのまえに立っていた。店の名前は〈ミスター・O〉。入口の正面に置かれたスタンド式の黒板にはこう書かれていた――トランペッター募集。オーディションはこちらで。

ある意味、できすぎだった。しかし同時に、こういう幸運を期待してもいた。未来に一歩踏み出したような不思議な感覚とともに、クライドはナイトクラブ〈ミスター・O〉に入った。

「こんにちは！」クライドは大声で呼びかけた。「誰かいませんか？　こんにちは」

店内は暗かった。テーブルに積まれた椅子のシルエットが見えた。ふいに舞台裏の厨房とおぼしきところに明かりがついた。さらにいくつかライトがついて、自分がダンスフロアの中央にいたことがわかった。廊下から大きな熊のような黒人男が現れた。陽気な丸顔で、頭に帽子を浅くかぶっている。

「よう、若いの。おれはポークチョップ・ブラッドリーだ」

「ポークチョップ・ブラッドリー？　ベーシストの？」

「知ってるのか？」

「はい、サー！」

「〈ミスター・O〉でバンドリーダーになったばかりだ。この街は初めてか？」

「昨日着きました、サー」

「その〝サー〟ってのはやめろ。おれはおまえの親父でもお巡《まわ》りでもないんだから」

「はい、サー！　いえ、すみません、ミスター・ポークチョップ、じゃなくて、ミスター・ブラッドリー」

ポークチョップは微笑《ほほえ》んだ。親切そうにも困惑しているようにも見えた。「どっから来た、田舎《カントリー》もん？」

「アラバマです」

「おれはアーカンソーだ。もっとも、この大都会に来て十年になるけどな。ハーレムのいくつかのバンドで演奏してる。それがおまえの夢か、カントリー？　ハーレムのバンドで演奏することが？」

「おれの夢です」

「歳は？」

「十九」

「名前訊いたっけ？」

「すみません。クライド・モートンといいます」

「オーケイ、クライド。細かいことは抜きだ。楽器をケースから出せ。『スターダスト』は知ってるか？」

「もちろん」

「吹いてみな」

クライドは眼を閉じて吹いた。初めのうちは、巨大でヌルヌルした人ほどもある魚のような楽器と格闘している気分だった。その化け物を岸に引き上げようと浅瀬でバシャバシャしぶきを飛ばした。ゆっくりとばたつきが収まってきた。ヌルヌルを制圧して、やっと楽器が思いのままになったと感じた。やっと。そう、ホーギー・カーマイケルの『スターダスト』は知っている。ルイ・アームストロング版だって、ウィルトンおじの蓄音機で何度も何度も聴いたから、研究し尽くしている。ナイトクラブ〈ミスター・O〉のなかに立ち、ポークチョップのオーディションを受ける若きクライド・モートンは、自分が知るかぎりのサッチモになりきって吹いた。

「オーケイ、もういい、そこまで」ポークチョップはクライドの演奏に負けない大声を出した。「やめろ、おい、そこまで！　ストップ！」

クライドは楽器を唇《くちびる》から離しておろし、困惑した。「まだ曲の途中ですが」

「いや、もういい。クライド、申しわけないが、ひどい」

「え？　なんて？」

「これは悪い冗談か？　ミスター・Oはふざけておまえをここに寄こしたのか？　そうなんだな？」

「ええと、いいえ、ミスター・ポークチョップ、ミスター・Oには会ったことありません」

「なんてこった。ほんとにオーディションを受けに来たのか？　いまのがおまえの演奏か？　これまでの人生で耳にしたなかで最悪のクソだ」

「あの、最高にがんばったつもりだけど……もういっぺんやります……」

「いや、やめとけ、無駄だ、もうわかった。おまえはトランペッターじゃないし、ミユージシャンですらない。誰にその気にさせられた？」

「おじのウィルトンです」クライドの声はかすれた。「アラバマにいます」

「おれだってこんなこと言いたかないんだ、にいちゃん」ポークチョップはやさしく言った。

「おじがすごく落ちこみます」

「泣くな、にいちゃん。悪い夢を見てただけだ」

「おれ、どうしたらいいんでしょう？」

ポークチョップは同情しながらも困り顔でクライドをしげしげと眺めた。「マリ、リ、リー・ワーナーは知ってるか？」

「マリー・ワーナー？」クライドは懸命に涙をこらえた。「誰です？」

ポークチョップはくすくす笑った。「屋上に行こう。紹介してやる」

当然クライドはポークチョップが女の話をしているのだと思った。マリー・ワーナーという名の娼婦《しょうふ》か何かだろうと。階段を六階分のぼりながら、その女はなんでまた屋上なんかにいるんだろうと思ったが、その先はあまり考えなかった。自分の才能──というより、それがなかったこと──に対するポークチョップの判定に、まだ愕《がく》然《ぜん》としていたからだ。ポークチョップは正しい、自分は悪い夢を見ていた。屋上に出ると、気絶しそうになった。人生でこれほど高い場所にのぼったことがなかったのだ。見おろす通りの騒音が現実離れして聞こえた。鳩《はと》がクークー鳴いて羽ばたきしていたが、娼婦らしき姿はどこにもなかった。

ポークチョップは、明らかに自分で巻いたような煙草を取り出した。それに火をつけて、スーッと音を立てて吸い、煙を肺にためてからゆっくりと吐き出した。甘いがピリッとした、嗅いだことはないが魅力的な香りがした。クライドはそこでふいに気づいた。リーファーか。話に聞いたことはあったが、見るのも嗅ぐのも初めてだった。ポークチョップが煙草を差し出した。

「こちらがマリー・ワーナーだ、クライド。マリファナとも呼ばれるがね。初めてか?」

「はい」

「吸ってみな、どうやるか見たろ」

クライドは紙巻き大麻《ジョイント》を思いきり吸った。スーッ……。

「友愛会へようこそ、ミスター・クライド・モートン。これでおまえも、ミュージシャンじゃなくてもジャズメンのことがわかるようになる。マリー・ワーナーは、ジャズが産声《うぶごえ》をあげたときニューオーリンズのストーリーヴィルにいた。最初の偉大なジャズメンはマリー・ワーナーの乳首を吸って育ったのさ」

一分ほどで徐々に効いてきた。人々がリーファーの話をするときによく聞く〝ハイになる〟という表現が、クライドにもいまわかった。ハーレムの屋上で流れゆく雲を眺めながら、彼は夢のような昂揚《こうよう》を感じた。

ポークチョップが言った。「マリー・ワーナーは魔法だよ。おれは創造の秘薬と呼んでいる」

クライドはもう一度吸った。スーッ……。

「おい、クライド」ポークチョップが笑った。「こっちにくれないつもりか？」

クライドも笑って、ポークチョップにジョイントを渡した。

ほんの少しまえに〈ミスター・O〉に入ったとき、クライドは運命を感じた——ここでプロのミュージシャンになるのだと。結局、ミュージシャンにはなれないことが判明したが、運命の部分については正しかった。

「毒蛇《ヴァイパー》。ハーブ愛好家のことをおれたちはそう呼ぶ。吸うときにガラガラ蛇みたいな音がするからな。おまえは生まれながらのヴァイパーだ、クライド・モートン」

ポークチョップの声を聞いて気持ちが落ち着いてきた。ぼろぼろの中折れ帽《フェドーラ》を浅くかぶったこの太ったベーシストには、澄んだ静けさのようなものが感じられた。ポークチョップはジョイントを何度か吸い、新人に渡した。

クライドはそれを吸った。ハーレムのスカイラインを眺め、頭のなかでルイ・アームストロングの崇高な『スターダスト』の演奏を聴き、新たに目覚め、ここからピリピリした油断ならない人生が始まる感じがした。でもクールだ、とてもクール、最高にクールだ。

「教えてください、ミスター・ポークチョップ・ブラッドリー。このマリー・ワーナーはどこで手に入るんですか?」

「ナイトクラブのオーナーからだよ。ミスター・Oその人だ。エイブラハム・オーリンスキーとしても知られている。そのうち紹介しよう。アラバマには帰らないんだろ?」

スーッ。

「ええ、ポークチョップ。ここに残ります」

「ハーレムへようこそ、ヴァイパー・クライド」

*

「もし三つの願いがすぐに叶えられるとしたら」バロネスが尋ねた。「何がいい?」
一九六一年十一月――クライド・〝ヴァイパー〟・モートンが三度目の殺人を犯した夜。ヴァイパーはハイだった。〈キャットハウス〉に腰を落ち着け、メモ帳と鉛筆をまえにして、ニカの質問について考えていた。あと数時間のうちに死か刑務所が待っている。友人でもある刑事のレッド・カーニーは、三時間やるから街を離れて国外に出ろと言った。ところがクライドは、バロネス・ド・コーニグズウォーターのだだっ広いリビングでキャット――ジャズメンと猫――たちに囲まれ、いちばん大切な三つの願いについて頭をひねっている。

「気負わなくていいのよ、ヴァイパー」ニカが言った。「心に浮かんだ最初の三つを書けばいいの」

「いま考えてる、ニカ」ヴァイパーはわずかに尖《とが》った声で言った。「考えてる」

「ええ、もちろん、ヴァイパー」ニカの声がにわかに緊張した。「プレッシャーを感じる必要はまったくないから。ゆっくりどうぞ」

ドアベルが鳴った。

「あら、誰か来た！」バロネスはうねる猫の海を渡って玄関に向かった。

ヴァイパーは以前からニカに少し疑いを抱いていた。六年前の夜、バードことチャーリー・パーカーが〈スタンホープ・ホテル〉の彼女のスイートで死んだときからずっと。死因は心臓発作だったと聞いた。バードは三十四歳だったが、検視官は六十代だと思ったそうだ。それほど体がぼろぼろだったのだ。そう、偉大なチャーリー・パーカーは医学的には心臓発作で死んだ。しかし本当の原因がヘロインだということは、誰もが知っていた。

ここでクライド・〝ヴァイパー〟・モートンについて知っておくべきことがある。言わずもがな、彼はマリファナの売人だが、ヘロインは認めなかった。一度も使ったことがないし、決して売ろうともしなかった。自分の下で働く者には誰ひとり、売ることを許さなかった。ヘロインは毒であり、ハーブの対極にある。マリファナはジャズの創造を助ける。ヘロインは業界最高のミュージシャンを殺すことで、ジャズを破壊しつつあった。バードがバロネス・ド・コーニグズウォーターのせいでヘロイン中毒になったのかどうかはわからないが、わかっているのは、バードを殺したのはジャンク（麻薬、とくにヘロイン）であり、バードはニカのホテルのスイートで死んだということだ。ヴァイパーは〈キャットハウス〉で誰かがヘロインを打つのは見たことがなかった。ヴァイパーがいるところで打つ勇気のある者はいない。ヴァイパーがマリファナの売人だということは誰もが知っていた。ヘロインのことをどう思っているかも。ヴァイパーの目の届く範囲でそんなクソを売買しようものなら……殺されることを誰もが知っていた。

「クライド、おい、クライド」

　ヴァイパーが顔を上げると、ポークチョップ・ブラッドリーが立っていた。〈キャットハウス〉にいま来た客が彼だったのだろう。ポークチョップは二十五年来の友人だった。いまも太ってフェドーラを浅くかぶっているが、すっかり歳をとり、ヴァイパーを見おろすその眼には果てしない悲しみが宿っていた。彼は今夜ヴァイパーがしたことを知っていた。誰を殺したのかも。

「ああ、ポークチョップ」

「ひどいもんだ、クライド。たったいまヨランダのアパートメントに行ってきた」

「だろうと思った」

「血だらけだったぞ、クライド。血だらけだ」

ヴァイパーは何も言わなかった。

ポークチョップは言った。「どんな気分だ、おい？」

「どんなだと思う？」

「死にたいとか」

ヴァイパーはジョイントにまた火をつけて、たっぷり吸い、ゆっくり吐いた。「死ねないよ。まだ」と言い、友人にジョイントを渡した。「悪魔に怖がられてる。おれとは顔を合わせたくないとさ。けど、おれがもうすぐあっちに行くことは知ってる」

2

クライド・モートンには父親の記憶がなかった。父チェスター・モートンは、クライドが生まれた一九一七年、徴兵でフランスに渡っていて、赤ん坊のクライドに初めて会ったのは、いわゆる民主主義を救う戦争から帰還してからだった。チェスターと妻と息子ふたりはジョージア州スプーナーで暮らした。チェスター・モートンは鍛冶職人で、彼のように蹄鉄《ていてつ》を打てる職人はいないともっぱらの評判だった。戦争に行くまえ顧客はすべて黒人だったが、帰国後、チェスターがすばらしく腕利きの鍛冶職人だという噂《うわさ》が、白人黒人を問わず、郡の隅々まで広まった。一九一九年の夏ごろには白人の客が来るようになり、それが厄災の始まりだった。ある晴れた朝、郡の鍛冶職人組合の代表がチェスターを訪ねてきた。

「おまえさん、組合員じゃないよな、どうだ？」

「ええ、サー」チェスターは答えた。「組合員は全員白人です。有色人種の鍛冶職人は認められていません」

「そう、そこなんだ。組合員でないと白人客を相手に商売はできない。おまえは組合員にはなれないから白人の客は取れないってことだ」

「白人のかたたちがこっちに来るんですよ、ミスター。上等の蹄鉄が欲しいからって。注文を断るわけにはいきません。それは無理です」

「口答えをするな、ニガー！　フランスにいたからもうニガーじゃないなんて思うなよ。白人の客は断れ。さもないとひどく厄介なことになるぞ！」

それでも白人の客は引きも切らず訪れた。チェスター・モートンは彼らのために蹄鉄を打ちつづけ、金をもらった。ある晩、チェスターが夜遅くまで工房で作業をしていると、集団が押しかけてきた。彼らは馬に乗っていた。おのおの松明《たいまつ》やロープ、銃や斧《おの》やナイフを手にして。覆面はしていなかった。顔を隠す必要などないと思っていたのだ。数年後にクライドは、父親は粘り強く耐えて、舌を切り取られるまで殺人者たちに呪いのことばを吐きつづけたと聞かされた。

リンチのさなか、近所に住む黒人が荷馬車でヴァイオラ・モートンのもとに駆けつけた。隣人はヴァイオラとふたりの息子を乗せ、ヴァイオラがあわててまとめた身のまわりのものをなんでも積みこむと、夜のうちに出発した。夜が明けるころには、荷馬車はジョージア州から州境を越えてアラバマ州に入り、ヴァイオラの親類が住むミーチャムへと向かった。そのときクライド・モートンは二歳だった。

＊

クライドの兄のサディアスは行儀がいいと言われていた。思いやりがあり、しっかり者で、責任感も強かった。ある日の午後、母親が白人宅の掃除の仕事に出かけて、サッドとクライドはふたりで留守番をしていた。クライドは十二歳、サディアスは十六歳。兄はクローゼットから黒いハードケースを引っ張り出してきて、蓋《ふた》を開けた。クライドは光り輝く金管楽器に目を奪われた。まるで聖遺物か魔除《タリスマン》けの品を見ているようだった。

「ほら、クライド。父さんのだ。戦争から持って帰ってきた」

「父さんはトランペット吹いてたの？」

「いや。フランスのどっかで見つけたんだと思う。戦利品かなんかのつもりで持って帰ってきたのさ。ジョージアから逃げ出した夜、母さんは時間がなくて、荷馬車にわずかなものしか積めなかったけど、父さんのトランペットは忘れなかったんだな」

「兄さんは吹くのを習いたくない？」

「やだね」サディアスは答えた。「おまえは？」

「やってみたい」

クライドはウィルトンおじに会いに行った。彼は年寄りだった。どこからどう見ても。奴隷として生まれたのかというくらいに。おじは自称ブルースマンで、妻も子もなく、定職も持たず、郡のあちこちの酒場でギターを弾いて金を稼いでいた。住んでいる家は掘っ立て小屋といい勝負だった。おじにとってかけがえのない宝物は、ギターと蓄音機、ブルースとジャズのレコードのコレクション。当時〝レース・レコード（一九二〇～四〇年代に黒人向けに販売された蓄音機レコード）〟と呼ばれた、黒人の音楽だ。クライドはウィルトンおじに父親のトランペットを見せた。

「吹けるようになりたいのか、クライド？」

「うん」

「そうか。いちばんの方法は聴くことだ。世界一のトランペッターは、ルイ・アームストロングだ」

ウィルトンおじは儀式のような手つきでレコードをターンテーブルにのせ、慎重に針を落とした。

『ウェスト・エンド・ブルース』の派手なイントロ――サッチモが奏でる最初の十五秒間の甲高い音――はクレイジーな戦闘ラッパか、おどけた起床ラッパのようで、不穏でありながら崇高だった。

その日からクライドはサッチモを手本に、ウィルトンおじを師匠として、独学で練習を始めた。それから七年間、学校の宿題より熱心にトランペットを練習した。母親やサディアスはウィルトンおじのことで小言を言った。

「あんな役立たずの爺《じい》さんと、くだらないことで時間を無駄にするなよ」サディアスは言った。「おれみたいに卒業証書をもらえ。まともな仕事につくんだ。母さんを悲しませるな」

サディアスは社会的地位を得ようと努力した。二十一歳でミーチャムを離れて、プルマン列車のポーターになった。帽子と制服を身につけ、全米を走る列車で働く黒人男たちだ。白人のために荷物を運び、靴を磨き、衣服にアイロンをかけ、寝台車のベッドを整え、給仕や料理もする。黒人のなかには、プルマンのポーターを模範的で立派な地位と見なす人もいた。しかしクライドに言わせれば、しょせん召使いだ。サッドが家を出て旅行執事《トラベリング・バトラー》になったあと、クライドは高校を卒業して紡績工場に就職したが、それでもまだトランペッターを夢見ていた。師匠はそんな彼を励ました。

「うまくなったな」ウィルトンおじは言った。「おまけに才能もある。おれを見ろ。やれるはずだった。一流のブルースマンになるはずだったのにな。おれの夢はメンフィスだった。それかシカゴ。だが、アラバマから出る道を見つけられなかった。おまえはそうなっちゃいけないぞ、クライド。おまえは次のルイ・アームストロングだ。ニューヨークへ行け。ハーレムへ。ジャズが生まれる場所だ、クライド。アラバマのミーチャムなんか、とっとと出ていけ。もう十九だろ。出てけよ。すぐにでも。おまえのトランペットをニューヨークで聞かせてやれ」

「ほんとにそこまで才能があると思う、ウィルトンおじさん？」

「おれにはわかる。おまえは次のルイ・アームストロングだ。ただわかるんだよ」

「でも、紡績工場でまともな仕事についてる」

「やめちまえ」

「婚約もしてる、ウィルトンおじさん。紹介したろ、バーサだよ」

「別れろ」

「でも、おじさん……」

「出ていくんだ！　いますぐ！」

クライドはありったけの貯金をかき集めて、翌日のニューヨーク行きの片道切符を買った。片手にスーツケース、もう片方の手に父親のトランペットを持って、駅の有色人種用待合室をあとにした。その間バーサはずっとまとわりついて、ヒステリックに叫び、膝から崩れて、それでも這って追いかけてきた。プラットフォームから遠ざかる列車に泣き叫ぶ声は、鋼鉄の車輪が軋む音と耳をつんざく汽笛にかき消された。

「死んじゃうから！　殺すわよ、わたしたちの……」

*

一九三六年、クライド・モートンが初めてハーレムですごした一日の話をしよう。クライドはポークチョップ・ブラッドリーのオーディションを受け、才能なしという烙印《らくいん》を押された。大男のベーシストは彼を慰めようと屋上に連れていき、マリー・ワーナーを紹介した。ややあってふたりは階段をおり、メキシカン・ロコウィードでハイになったまま、ハーレムのあちこちの通りをいっしょに歩いた。感覚は研ぎすまされ、すべてがいつもよりあざやかに見えた。クライドは黒人たちの活気と、さまざまな肌の色合いに魅せられた。当時、アフリカ系アメリカ人はよく〝有色人種〟と言われたが、クライドは、ハーレムで目にする黒檀《エボニー》色から赤褐色《マホガニー》、ミルクコーヒー色までが混じり合う美しさのなかに、自分が新たに溶けこんだように思えた。足取りも軽く弾《はず》んだ。通りの名前が次々と浮かび上がる。アムステルダム・アベニュー、百二十五丁目通り、セント・ニコラス・アベニュー。ポークチョップのあとを歩きながら、それぞれの通りの音の風景に体がなじんでいくのを感じた。響きわたる子供の笑い声、人々が交わす挨拶、ジョークやくだらないおしゃべり、外階段での口喧嘩や噂話、路地でスティックボールをする子供たちを非常階段の手すりから身を乗り出して呼んでいる母親の声。そしてだいたい数ブロックごとに、誰かしら踏み台や脚立や樽《たる》の上に立って説教か演説をしているようだった。黒人キリスト教徒は人々に悔い改めよと、黒人共産主義者は世界規模の労働革命を起こせと、黒人分離主義者はアフリカへ帰ろうと呼びかけていた。クライドはそれらすべてを、昂揚しつつ静かに澄んだ気持ちで味わっていた。ポークチョップがどこに向かっているのか見当もつかなかったが、メキシカン・ロコウィードのおかげで気にならなかった。

ハーレムが黒人ばかりではないこともだんだんわかってきた。ポークチョップについて〈ブラウンスタイン〉という巨大なデパートのまえを通りすぎたときには、大きなショーウィンドウ越しに、店の客は黒人ばかりで店員はすべて白人であることが見て取れた。中国人のクリーニング店やレストラン、イタリア人のベーカリー、ギリシャ人の食堂。小さな食料雑貨店や大きなリカーショップも、客は黒人で店主は白人だった。そう、ハーレムはおれたちのものみたいに見えるけど、本当は誰のものなんだろう、とクライドは思った。

ポークチョップがクライドを連れていったのは、七番街の名所〈ジェントルマン・ジャック理髪店〉だった。この若者には、バンドで演奏できないことが判明したいま、何かしらの仕事が必要だと思ったのだろう。ドアの上のチリンチリンというベルの音に始まり、クライドは愉しげな音に包まれた——黒人の男たちの話し声や笑い声、バリカンのうなり、ハサミのチョキチョキ。ポークチョップが店主に引き合わせてくれた。ジェントルマン・ジャックはエレガントで渋い男だった。キャラメル色の肌に鉛筆のように細い口ひげを生やし、髪をつややかになでつけたジャックは、デューク・

エリントンにそっくりだが、染みひとつない理髪師用のチュニックを着たエリントンだった。

「散髪の仕方は知ってるか、クライド？」

「いいえ、サー、ミスター・ジャック。でも教えていただければ」

「うーん、いまは教えている暇がない。靴磨きや床掃除はどうだ？」

「できます、サー！」

「決まりだ」

「ありがとうございます、ミスター・ジャック！」

ポークチョップに背中をぽんと叩《たた》かれた。「よかったな、クライド」

「ありがとうございます、ミスター・ポークチョップ」

「ビッグ・アル」ジャックが呼んだ。「この子にチュニックを持ってきてやれ」

「なんでおれが」低い声が響いた。

「配給の列に並びたいのか、アル！　さっさとおりろ！」

ジェントルマン・ジャックは、同じ白いチュニックを着た若い従業員を睨みつけた。客が途切れたところらしく、理容椅子に寝そべって新聞を読んでいたのだ。椅子から立ち上がったビッグ・アルは、二メートル近くありそうだった。〝おまえなんか虫けらみたいにつぶせるぜ〟という顔でクライドを見た。

「来いよ、田舎《カントリー》もん」ビッグ・アルはクライドに言った。「ロッカーを用意してやる。それから箒《ほうき》もな、ハ、ハ、ハ！」

クライドはビッグ・アルのあとについて理髪店の裏の靴磨きスタンドを通りすぎ、階段をおりて地下のロッカールームに入った。チュニックのボタンを留めていると、ビッグ・アルは馬鹿にしたような笑みを浮かべ、掃除用具入れから箒を取り出してクライドの手に押しつけた。

「憶えとけ……ここはハーレム一繁盛してる理髪店だ、カントリー。掃除する髪はいつでもあるぜ。ハ、ハ、ハ！」

＊

ポークチョップはクライドに、ミュージシャンになれるという悪い夢を見ていただけだと言った。いまやクライドの夢は、ハーレムにとどまることだけだった。黒人のアメリカの首都に来て二週間、彼は理髪店で日に十時間、床を掃いて靴を磨いていた。ジェントルマン・ジャックは毎日、終業時に報酬を支払ってくれた。客からチップもたくさんもらった。いざやってみると、この仕事は愉しかった。理髪店はハーレムの小宇宙だった。さまざまな黒人男がドアから入ってきて散髪をし、たいていパーマやセットやコンク（一九二〇～六〇年代に黒人男性に流行した髪型。化学液を髪に塗ってストレートにした）で仕上げていった。ハーレム病院の医師、弁護士、教師、牧師、配管工、整備士、葬儀屋――誰もがジェントルマン・ジャックの店に来た。クライドは下宿屋の部屋代を払ったうえ、毎晩外食ができるくらい稼いだ。そして何より、ポークチョップの最高のリーファーも買うことができた。

　ポークチョップは〈ミスター・O〉の舞台裏に出入りさせてくれた。クライドは舞台袖から、自分とちがって本物の才能を持つあらゆるミュージシャンを見た。そのあとは、ライブ後のパーティで彼らとすごすようになった。そこにはいつも酒と女と音楽と……芳しいハーブがあった。

「マリー・ワーナーがあれば、もっといい演奏ができるぜ」ある晩、にぎやかな深夜の集まりでポークチョップがジャズメンに薀蓄《うんちく》を傾けた。「感覚が鋭くなる。リラックスする。柔らかさと鋭さが同時に手に入る。楽器がいつもとちがう感じで鳴って、頭のなかで音楽が聞こえる。マリー・ワーナーは魔法だ。創造の秘薬だ。だから違法なのさ」

「ポークチョップ、哲学はいいから」しゃれたストライプの蝶《ちょう》ネクタイをつけたクラリネット奏者のビル・ヘンリーが言った。「こっちにもそのスティックをくれよ！」

　ポークチョップはナイトクラブ〈ミスター・O〉のバンドリーダーだが、店のメキシカン・ロコウィードの売人でもあり、スティックと呼ばれる丁寧に巻いたマリファナ煙草のパックを売っていた。一本五十セントで、一ダースだと五ドル。クライドにとって、ミスター・Oという人物はいまだに謎だった。この二週間、ほぼ毎晩ミスター・Oのクラブにかよっていたが、本人をまだ一度も見たことがなかった。

「ねえ、ポークチョップ、あなたのボスはどこ？」ある晩、人いきれと煙が充満したライブ後のパーティで、水玉模様のワンピースを着た豊満な美女が尋ねた。「あたしのシュガーダディに会いたいのに！」

「よう、エステラ。ミスター・Oの居場所は知らないな。メキシコあたりじゃないか。それよりヴァイパー・クライドにはもう会ったか？　新顔だ」

「あら、初めまして、クライド。どこから来たの、かわいい坊や《スウィーティ》？」

「アラバマです」

「まあ、アラバマがあなたみたいなおいしそうな男の産地だとは知らなかった」エステラは甘い声を出した。

そこに突然、低い大声が響いた。「おいエステラ、そんな野暮ったいニッガ相手に時間を無駄にすんな」ビッグ・アルがくつろいでいたソファから立ち上がり、威嚇するようにクライドとエステラに近づいた。

「あーら、あんたはお呼びじゃないわ、ビッグ・アル」エステラは言った。「家まで送ってくれる？　ヴァイパー・クライド」

「わかりました」

ビッグ・アルはふたりがパーティから出ていくのを睨みつけていた。

その後まもなくエステラは、クライド・モートンに〝ハーレムで最初のプッシー〟をあげたと自慢するようになる。

＊

「今朝は特別中の特別な客が来る」ジェントルマン・ジャックが言った。

クライドは理髪店で店主とふたりきりだった。店を開ける一時間前の午前八時に来いと言われたのだ。

「靴を磨いて差し上げろ」

「わかりました、ミスター・ジャック」

「じゃあよろしく」

ジェントルマン・ジャックは階段をおりて地下の事務室へ消えた。クライドは急に不安になった。特別な客が来るというときに、ジャックはなぜ自分をひとりにする？

ドアのベルが鳴り、背が高く肌の色が薄いコウノトリのような白人男が大股で入ってきた。脚が長く膝はごつごつし、長い首で喉仏が脈打っている。濃紺のピンストライプのスーツを着て、黒い山高帽をかぶっていた。顔のしわから判断すると、この特別な客の年齢は六十代だが、動作ははるかに若い男のように精力的で機敏だった。そしてクライドがそれまでに知っていた誰よりも声が大きく早口だった。

「きみがクライドだな！　会えてうれしい。エイブラハム・オーリンスキーだ。みんなはミスター・Oと呼ぶ。ああ、もう知ってるか。この大きな椅子に坐ってもいいかな。朝早くからすまないね」

「こちらこそ、ありがとうございます、サー！　あの……」

「アラバマ出身、だな？　北は初めて、だろう？　私みたいな人種に会ったことは？ある、ない？　ユダヤ人という意味だ。ユダヤ人に会ったことは？　だろうと思った。たぶんイタリア人にもポーランド人にも中国人にも会ったことがないな。ニューヨークに来てから、なんだ、いま二週間？　ハーレムから出たこともないんだろう。今日は案内してやる。みんながきみのことを褒めるわけだ。見た目もいいし礼儀正しい。荒削りな魅力がある。ボクシングをしたことは？　肩をすくめるってことは、リングに立ったことがないんだな。だが、殴り合いの喧嘩くらいは何度かしただろう、なあ、クライド？　だろうと思った。私は投資家だ。つまり、いろんな商売をやってる。知ってのとおり、ナイトクラブとか。でもほかにもいろいろやってる。で、投資家として言えるのは、いちばん大事な投資先は人間だ。私は人に投資する。きみは信頼できる投資先という気がする。きれいに磨いたな、クライド。ありがとう。さあ行こう。今日は私といっしょに来るんだ。ああ、大丈夫、ジェントルマン・ジャックはすべて承知だから。いいね？　だろうと思った」

　ジェントルマン・ジャックの理髪店のまえに、ミスター・Oの銀色のロールス・ロイスが陽の光を燦然《さんぜん》と浴びて駐《と》まっていた。車の横には帽子と制服の運転手が立っている。背の低い黒人の若者で、百六十五センチほどしかなかった。

「これは運転手のピーウィだ」ミスター・Oが紹介した。「ピーウィ、クライドに挨拶しなさい」

「初めまして」小柄な運転手はクライドに満面の笑みを向けたが、帽子のつばの下の眼は油断がなかった。ピーウィがドアを開け、クライドは夢を見ているような非現実感に包まれてロールス・ロイスの後部座席に乗りこんだ。

「ピーウィ、クライドにマンハッタンを案内してやろう」

　ピーウィはマンハッタン島の隅々まで車を走らせた。ミスター・Oのロールス・ロイスの後部座席から、クライドは初めて自分の眼でエンパイア・ステート・ビル、自由の女神、タイムズスクエアやセントラルパークを見た。その間ずっとミスター・Oはしゃべりつづけていた。

「ニューヨークはじつに部族的な街だぞ。民族という意味だがね。近隣地域も同じだな。ダウンタウンにはチャイナタウンとリトル・イタリーがあって、ヘルズ・キッチンにアイルランド人、ロウアー・イースト・サイドにユダヤ人、ハーレムに黒人がいる。私はなんとなく、黒人とユダヤ人には本質的な共通点があると思っている。もとはどっちも奴隷だったからな。〝行け、モーゼ！　わが民を解き放て！（ゴスペルソング『ゴー・ダウン・モーゼス』の一節）〟。ああ、私は黒人音楽が大好きだ。きみたちの民族は私たちの民族の物語を歌ってくれる。われわれ両方の民族の物語だ。この国の悲劇は黒人が資本を手に入れられないことだ。だから私はハーレムと黒人に投資したいのだよ。黒人とユダヤ人。両者が手を取り合えば、この街ですばらしいことができる」

市内をめぐるあいだじゅう、クライドは、ピーウィが何度か帽子のつばの下で眼を光らせてバックミラー越しに監視しているような気配を感じた。

どのくらい時間がたったのか、ミスター・Oがふいに「ピーウィ、エディのジムにやってくれ」と言った。

一行はハーレムに戻ってきた。ジムは広くて暗い洞窟のようだった。汗のにおいがした。男たちがうなり声やうめき声をあげながら、揺れるサンドバッグを打ったり、縄跳びをしたり、殴り合ったりしていた。ミスター・Oは褐色の体をかき分け、クライドとピーウィを引き連れて進んだ。ジムのなかで白人は彼ひとりだったが、誰もそのことを気にしていないようだった。ジムの奥に肌の色が薄い年寄りの男が立っていた。ずんぐりした体つきで、頭は禿《は》げ、顔は傷のついた果物を連想させた。「エディ、クライド・モートンだ。どうだろう、こいつはウェルター級か?」

「エディはハーレム一優秀なトレーナーだ」ミスター・Oが言った。

エディは床に唾を吐き、うなった。「ミドル級だな」

「すばらしい。スパーリング・パートナーとリングで戦わせてみよう」

クライドはパニックに襲われた。「ミスター・O、すみません。おれはボクサーじゃありません」

「わかってるさ、クライド、きみがどんなパンチをくり出すのか見たいだけだ」

クライドはトランクスとグローブを渡され、口にマウスピースを押しこまれ、革のヘッドギアをつけられた。気づくとリングの上にいて、身を屈めて両の拳《こぶし》を構え、対戦相手のクラッシャーとかいう男と向き合っていた。ふたりは二匹の大きな猫のようにゆっくりと互いのまわりをまわった。リングには人だかりができた。

「やれ、クラッシャー!」誰かが叫んだ。「やっつけろ! このガキにボスは誰か見せつけてやれ」別の誰かが怒鳴った。「くそ、クラッシャー、早くやれよ!」

集まった男たちがどちらを応援しているのかは疑いようもなかった。そのときリングの近くにいた帽子と制服姿のピーウィが見えた。不安そうな面持ちのミスター・Oのすぐ横に立つ小柄な運転手は、いきなり甲高い声で叫んだ。「叩きのめせ、クライド！」

クラッシャーが打ちこんできた。クライドはさっと屈んでうしろに下がり、相手の右顎に大振りのパンチをくり出した。クラッシャーは倒れて、気を失った。

見物人の声がひとつになって耳を聾《ろう》するほど沸き立った。「うおおお！」

ミスター・Oはにっこり笑った。「だろうと思った」

一時間後、クライドは居心地のいい試着室にいた。シーモアという名の仕立屋がせっせと寸法を測り、ハサミを入れ、生地にチャコで印をつけていた。生まれて初めての自分のスーツだった。ミスター・Oはすぐそばに立ち、ピーウィは隅の椅子に坐って一部始終を見ていた。

「ハーレムで最高の仕立屋はみんなユダヤ人だ、クライド。それを言えば、ニューヨークで、だがな。そうだろう、シーモア？」

「仰せのとおり、エイブ。仰せのとおり」シーモアはつぶやいた。「この黒人《シュヴァルツェ》はこのまえ連れてきたのほどでかくないね」

「そろそろビジネスの話をしようか、シーモア？」

「事務室に行こう、エイブ」

ふたりの年長者が消えると、ピーウィとクライドはいきなり試着室でふたりきりになった。

「気分はどうだ、クライド？」

「いいですよ、たぶん。あなたのボスがぼくに何を求めているのかわからないだけで」

「おまえの身なりを整えてくれてるのさ」

「ええ、でも、なんのために？」

「いまにわかる」

ミスター・Oとクライドがジェントルマン・ジャックの店に戻ったのは夜の七時半で、閉店から三十分がすぎていた。ジェントルマン・ジャックと副店長のカールトンが待っていた。ビッグ・アルは床を掃いていた。

「遅くまで開けてもらってすまないな、ジェントルマン・ジャック」

「とんでもない、ミスター・オーリンスキー。ビッグ・アル、もう帰っていいぞ」

ビッグ・アルは箒を置き、クライドを睨みつけながら店から出ていった。

「クライドにコンクとひげ剃り、マニキュアをたのむ」ミスター・Oが言った。「あんたと同じくらいかっこよくしてやってくれ、ジャック」

「坐りな、クライド」

「おれ、ストレートにしたことないんですけど」

「なんてことない」

まあ、そうかも、と思った矢先、焼けるようなアルカリ液が頭皮に当たって、クライドは悲鳴をあげた。

「うわあああ！」

ジェントルマン・ジャックとカールトンとミスター・Oはそろって大笑いした。

「最悪なのは最初だけだ」ジャックが言った。彼が縮れ毛を伸ばしているあいだも、クライドの頭皮はまだひりひりしていた。

ミスター・Oはその間ずっと理容椅子のそばに立って見ていた。

「さて、これは提案だが、クライド」彼は言った。「私の影になってもらいたい。つまり付き人だ。私が行くところにきみも来る。昼間はいろいろ仕事して、夜は愉しくすごす。よく働き、よく遊ぶ、それが私のモットーだ」

店のドアの上のベルが鳴った。

「ピーウィがきみの新しいスーツとあつらえのシャツ、それに合わせたネクタイを持ってきた。新しい靴も何足か用意した。給料についてはあとでくわしく話すが、とりあえず前払いの百ドルを渡しておく」

ミスター・Oがカウンターに二十ドル札を五枚置いたので、クライドは危うく理容椅子から転げ落ちそうになった。

「ゆっくり休め、クライド。明日の朝十時きっかりに下宿に迎えに行く」

「はい、サー！　ありがとうございます、ミスター・O！　ありがとうございます！」

翌朝、ピーウィの運転でミスター・Oとクライドはまた仕立屋に行った。クライドは特別に仕立てたグレーのピンストライプのスーツを着ていた。ミスター・Oは前日にいろいろクライドの世話を焼いた仕立屋の事務室にクライドを連れて入った。

「シーモア、昨日から考えが変わっているといいがな」

「考えも何も、エイブ、言ったとおり金がないんだ」

「クライド、シーモアの喉をつかめ」

クライドは言われたとおりにした。

「あぐー、息ができない！」

「シーモア、昨日クライドは一撃で大男を気絶させたんだ。彼があんたの顔を百パーセントの力で殴ったら、死ぬぞ」

「放してくれ。放して」

「金だ、シーモア。千ドル。さあ」

「ないんだよ！」

「クライド、二十パーセントの力でシーモアの顔を殴ってやれ」

クライドは言われたとおりにした。

「うわあああ！」

シーモアは顔を血まみれにして床に倒れた。

「もう一発やれ、クライド」ミスター・Oは言った。

「やめてくれ、頼む」シーモアは泣き叫んだ。「お願いだ、やめて！」

シーモアは四つん這いで隅のファイルキャビネットまで行った。抽斗《ひきだし》を開けて奥をまさぐり、札束を取り出してまた這って戻り、顔から血を滴らせながら金を差し出した。

「金だ。お願いだからもう殴らないで」

クライドは昂揚感に包まれた。力がみなぎっていた。生まれてこのかた、白人の男の顔を殴ったことなど一度もなかった。ミスター・Oが期待する仕事がこれだというのなら……癖になりそうだった。ささやかながら重要な意味で、ようやくクライド・モートンは父親の死の復讐《ふくしゅう》を果たしたのだ。

3

さて、一九六一年の十一月に戻ろう。クライド・モートンが三度目の殺人を犯した夜。ポークチョップ・ブラッドリーが〈キャットハウス〉でヴァイパーを見つけた。

「ハックション！」

「大丈夫か、クライド」ポークチョップが言った。

「ニカと忌々しい猫たちのせいだ」ヴァイパーはつぶやいた。

ポークチョップとヴァイパーは、バロネスの広いリビングのソファに並んで坐り、ジョイントを代わる代わる吸っていた。

「血だらけだったぞ、クライド」ポークチョップはゆっくりとくり返した。「血だらけだ」

「レッド・カーニーはいた？」

「ああ、でも、あっちはおれに気づかなかった。ヨランダのとこはごった返してたからな。お巡り、医者。くだらない報道陣なんかで」

「カーニーは三時間以内に姿をくらませと言った。一時間半前に」

「で、おまえは何をしてる？」

「このメモ帳と鉛筆を持って、考えてる。ニカが〝三つの願いがすぐに叶えられるとしたら何がいい？〟なんて訊くもんだから」

ポークチョップは戸惑っているようだった。「はあ……？」

「だから考えてる」

「まじめに言ってんのか？」

「あんたは訊かれたことないか？」

「あるわけないだろ」

「答えを集めてるらしい。たぶん、あんたにはあまり興味がなかったんだな」

「おれの三つの願いならバロネスはもう知ってるさ。音楽、リーファー、そしてリーファーだ。そんなに複雑じゃないんでね。で、考えるだと？　それをいまやりたいのか？」

「ほかに何をすればいい？」

「逃げろよ！」

「だろうと思った」

「クライド、よく聞け、おまえは――」

「だろうと思った。おれがそう言ったの聞こえたか？　誰かみたいだろ？」

「おい、クライド」

「ミスター・Oだ。ミスター・Oの話はしたくないよな、ポークチョップ？」

「ああ、したくないね」

「だろうと思った」

＊

「ゲージ」ミスター・Oが言った。「リーファー。ウィード。ポット。ハーブ。ティー。マッグル。グラス。グリーン・レディ。テイスティ・グリーン。マリー・ワーナー。メアリー・ジェーン。マリファナより俗称が多いのは性器だけだ」

一九三八年のことだ。クライド・モートンがエイブラハム・オーリンスキーのもとで働くようになって二年がたっていた。クライドは二十二歳になり、レノックス・アベニューに自分のアパートメントを持ち、注文仕立てのスーツを着て、寝る女には困らなかった。そして毎晩、ミスター・Oのメキシカン・ロコウィードでハイになっていた。ある蒸し暑い夏の夜、ボスはロールス・ロイスの後部座席でジョイントに火をつけて深々と吸うと、隣にいる付き人にそれを渡した。運転手のピーウィは、バックミラーでふたりを用心深くうかがっていた。

「なあ、どう思う、クライド」ミスター・Oが口を開いた。「愛されるのと怖れられるのと、きみならどっちがいい？」

長い一日だった。彼らはダウンタウンでいくつか会合をしたあとハーレムに向かっていた。まだもうひとつ訪問先が残っている。一日の仕事が終わらないうちにミスター・Oがジョイントに火をつけたので、クライドは驚いたが、ボスに倣《なら》って一服した。

ミスター・Oは、いました質問について考える間も与えず話しつづけた。

「指導者として、という意味だ。大公とか大統領とか社長とか。マキアヴェッリというフィレンツェの哲学者を知ってるか？　十六世紀の。彼は問うた、指導者にとって重要なのは愛されることか、怖れられることか、とね。きみはどう思う、クライド？」

「両方です」クライドは答えた。

ミスター・Oはニヤリとした。「マキアヴェッリも両方であることが最善だと言った。すべての指導者がそれを望むが、実現することはめったにない、ほとんどない、とね」

何年かのち、クライド・モートンはこのころが人生でいちばん幸せな時期だったと思う。まだロコウィードを自分で売りはじめていなかった。ヨランダにも出会っていなかった。誰かを殺したこともなかった。あのころは、自分のおもな仕事はミスター・Oの話を聞くことだと感じたりもした。

「きみはじつに賢いな、クライド。指導者になる素質がある。だが、いくら賢くても、クライド、怖れられると同時に愛される指導者はほとんどいないんだ。マキアヴェッリはどちらかを選ばなければいけないと言った。だとしたら、どっちを選ぶ、クライド？」

「わかりません」

「だろうと思った」

エイブラハム・オーリンスキーは自称〝投資家〟だった。ほかの人々は彼を、ドープ・ディーラー、スラム街の悪徳家主、ギャング、売春斡旋《あっせん》人、人殺し、高利貸しと呼んだ。小さな事業経営者に法外な金利で金を貸し、返済ができないとなれば、そう、クライドをしたがえたミスター・Oのお出ましとなる。

ピーウィは八番街の酒店のまえにロールス・ロイスを停めた。クライドはミスター・Oに続いて店内に入った。この店は知らなかったし、カウンターのうしろにいる太鼓腹の中年の白人男にも見憶えがなかった。

「やあ、マックス」ミスター・Oは言った。「次に来るときには用心棒を連れてくると言ったろ」

マックスは一瞬、怯えた笑みを浮かべた。「エイブ、勘弁してくれ。その黒くて若い付き人のことは聞いてる。よさそうな若者じゃないか。暴力は必要ないだろ。あんたもおれもわかってる。折り合いをつけようじゃないか、おれは――」

「マックス、私は長年ここの商売の面倒を見てやってる。ほかの客よりはるかに低い金利で金を貸して。あんたが好きだからだよ。好きだからこそ、ヨブ（旧約聖書で忍耐を試される人物として描かれる）に負けないくらい辛抱してきた」

「言わせてもらうが、エイブ。あんたは多くを求めすぎるんだ。このままじゃ商売が立ちゆかない。片腕を背中で縛られて働くようなもんだ！」

「ほう、なら実際にそうしたらどうなるか見てみよう」

「だからエイブ、きっと折り合いを――」

「クライド」ミスター・Oが言った。「マックスの左腕をへし折れ」

クライドはカウンターのうしろへ歩いていった。

「ちょっ、ちょっと待て」マックスはあわてた。「頼む――」

「すみません、ミスター」クライドはマックスの背後に近づいた。

かなり手慣れてきて、腕のつかみ方や、すばやい折り方、骨が折れる忌まわしい音にかならず続く苦悩の叫びへの備え方が正確にわかるようになっていた。

「ぎゃあああっ！」

「さあ払うんだ、マックス。両腕をやられないうちに」

クライドの評判が高まるにつれ、暴力を求められることは少なくなってきた。二年がたつころには、彼の任務はおおむね、ミスター・Oが事務室に入って客と取引するあいだ、ドアの外に待機して様子をうかがうだけになっていた。暴力に関して言えば、ミスター・Oから黒人を傷つけろと指示されたことは一度もなかった。黒人には金を貸さないからだ。黒人たちの事業は完全にミスター・Oの所有だった。たとえば、例の理髪店には〝ジェントルマン・ジャック〟の名がついているが、所有しているのはミスター・Oだ。

夜になるとクライドはボスに同行して、ハーレムでもとりわけ一流と言われるクラブを巡回した。〈サヴォイ・ボールルーム〉、〈スモールズ・パラダイス〉、〈クラブ・ホッチャ〉、そしてもちろん、店名に彼の名を冠したミスター・O自身の店も。ポーク・チョップ・ブラッドリーがハウスバンドを率いているナイトクラブだ。ミスター・Oはだいたいいつも女を三、四人連れていた。女たちはロールス・ロイスの後部座席に、ミスター・Oとクライドとぎゅう詰めで坐った。クラブからクラブへピーウィの運転で移動した。クライドはミスター・Oが白人女といっしょにいるのを見たことがなかった。連れ歩く女たちはつねに黒人だった。ひとりの例外もなく。毎晩、彼は褐色の肌の美女たちに囲まれ、いつもそのうちのひとりを家に連れ帰った。つまり、ピーウィとクライドはだいたいいつも、選ばれなかった女たちの相手をするという恩恵にあずかる。ミスター・Oが出かけない夜には、ピーウィとクライドはライブ後のパーティでポークチョップやほかのミュージシャンと集い、マリファナの厚い雲のなかで笑い合い、酒を飲み、いちゃついたり踊ったりした。

　そんなある夜のパーティで、西インド諸島《ウェスト・インディアン》のチャーリーと呼ばれる男が、それまで見たなかでいちばん太いジョイントを持ってクライドに近づいてきた。

「よう、ヴァイパー・クライド」チャーリーは陽気な口調で話しかけた。「まだミスター・Oのメキシカン・ロコウィードを吸ってんのか？」

「悪いか」クライドは言った。「しかも、まだこれでハイになってる」

　チャーリーはタクシー運転手で、近ごろ西インド諸島から手に入れたドープの一種を売るようになっていた。

「なあ、ご友人、一服どうだい。そんで――驚くなよ！」

　スーッ……。

　クライドがジョイントを吸っていると、ピーウィが寄ってきた。

「よう、ウエスト・インディアン・チャーリー、そいつは向こうで入手したあのいい香りのやつだな」

「どうも、ピーウィ」

「なあ、ヴァイパー、おれにもくれよ」

煙を吐き出してジョイントを渡すと、恍惚感がクライドの頭を一撃した。「これはすごい、チャーリー」

「イケるだろ?」チャーリーは微笑んだ。肌は黒革のようで、きちんと整えた山羊《やぎ》ひげが自慢だった。「カリブ産のグラスは、あんたが扱うミスター・Oのメキシコ産なんかよりずっと強いぜ」

ピーウィも吸った。スーッ……。

「おれはリーファーを売ってない、チャーリー」クライドは言った。「ミスター・Oのその仕事にはかかわってない」

「へえ、でもいずれ売るさ、ヴァイパー・クライド、いずれな」

「おお」ピーウィが言った。「これもいいな」

「おい、チャーリー」低い声が響いた。「おれがいるパーティには来るなと言ったはずだぜ」ビッグ・アルが人混みをかき分けて、のしのしと近づいてきた。

「ああ、どうも、ビッグ・アル。おれのハーブをやってみないか?」

「そのヴードゥー教のクソとともに失せろ。ジャマイカ人は嫌いだと言ったろ」

「こっちも言ったぜ」ウェスト・インディアン・チャーリーの声がひときわ高くなった。「おれはジャマイカ人じゃない、ビッグ・アル。ヴードゥー教ってのは、まあその……」

「落ち着けよ、アル」ピーウィが言った。「これでも吸ってくつろげ」

巨大な理髪師は小さな運転手のまえに立ちはだかった。「誰に向かって口を利いてる、このちびくそ」

「ちびくそ？　ぶっとばすぞ、マザーファッカー！」

「ぶっとばすってか？　ハ、ハ、ハ！」

ここでひとつ言っておくと、ビッグ・アルはピーウィより三十センチほど背が高いが、見方を変えれば、ピーウィはビッグ・アルの金玉を殴るのにちょうどいい身長でもある。

「うがあっ！」ビッグ・アルの高笑いは喉をつまらせた咆哮《ほうこう》に変わった。ビッグ・アルが体を折り曲げると、ピーウィはその喉を殴りつけた。ビッグ・アルは倒木のように床に崩れた。痛みに身《み》悶《もだ》えし、息をしようともがいた。ピーウィはビール壜《びん》をつかんでテーブルに打ちつけると、ビッグ・アルの胸にまたがり、割れた壜を相手の顔のすぐそばに持っていった。

「何か言ってみろよ、ニッガ！」ピーウィは甲高い声でわめいた。音楽が鳴りやんだ。パーティにいた連中はその場に凍りつき、小さな運転手が巨人の胸にまたがってギザギザのガラス壜をいまにも顔に突き刺そうとするのを見ていた。「何か言ってみろってんだ！」ピーウィは鋭く叫んだ。

ポークチョップがどこからともなく飛んできて、ピーウィをビッグ・アルから引き離した。「やめろ、ピーウィ！　殺しちまう！」

ポークチョップはピーウィをドアのほうへ押していった。ビッグ・アルはまだ床に転がり、息も絶え絶えだった。音楽とダンスが再開された。

「あんたの小さい友だちは威勢がいいな」ウェスト・インディアン・チャーリーが言った。

「ハーブをどうも、チャーリー。そろそろ帰る」

「いっしょに商売しようぜ、ヴァイパー・クライド」

「おやすみ、チャーリー」

*

ある早朝、クライドは初めてペントハウスに呼び出された。ミスター・Oから電話があり、パーク・アベニューと八十二丁目通りの角に立つ豪奢《ごうしゃ》な高級マンションに直接来いと言われたのだ。その外観の優雅なたたずまいは、ミスター・Oの車の後部座席から何度も見ていたが、なかに入るのは初めてだった。

ドアマンは中年の黒人男で、旧知のようにクライドを出迎えた。「おはようございいます、ミスター・モートン。ロビー左側のエレベーターをご利用ください」

エレベーター係もまた別の中年の黒人で、同じようにクライドを歓迎した。「おはようございます、サー。ミスター・オーリンスキーに会いに？　どうぞ、サー、最上階まで一気にお連れします！」

ペントハウスでは、制服を着た快活なメイドがドアを大きく開け、満面の笑みで迎えてくれた。「まあ、こんにちは、クライド・モートン！」メイドはふくよかでシナモン色の肌、歳はアラバマ州ミーチャムにいる母親とほぼ同じくらいだった。「わたしはマチルダ。さあ入って！　あなたの噂はいつも聞いてますよ！　ミスター・Oはあなたに夢中なんだから、ねえ！」

クライドはポカンとしないように努めながら、マチルダの案内で宮殿のようなアパートメントに入り、ギリシャ様式の柱が立つ天井の高い廊下を歩いていった。マチルダは両開きの扉を開けた。マリファナの強烈なにおいがした。メイドの制服を着た四人の黒人女性が大きな木製のテーブルを囲んで坐っていた。それぞれの横にはロールペーパーが積まれ、ジョイントの小さな山ができていた。そしてテーブルの中央にはメキシカン・ロコウィードの大きな山がある。四人のメイドはおしゃべりをしながら、指先は慣れた様子で次から次へと器用にジョイントを巻いていた。ポークチョップをはじめとするミスター・Oの売人が、一本五十セントか一ダース五ドルで売っているスティックだ。

「ちょっと、みんな」部屋を通り抜けながらマチルダが言った。「クライド・モートンに挨拶なさい」

「ハイ、クライド！」メイドたちがほぼ声をそろえて呼びかけた。微笑んで彼を一瞥《いちべつ》するあいだも彼女たちの指は決して止まらなかった。

「やあ、レディたち」クライドはできるだけ親しげに応じた。

「こっちよ、クライド」マチルダはそう言って、本がずらりと並ぶ書斎に入った。小さくて薄暗く、居心地のいい部屋だった。

「ここで待ってね、クライド。ミスター・Oはすぐ来ます」

マチルダが出ていき、クライドは書斎にひとり残された。部屋にはドアが三つあり、すべて閉まっていた。ソファひとつと椅子が数脚、棚は革表紙の学術書で埋まり、小さな読書机にはニッコロ・マキアヴェッリの『君主論』がのっていた。クライドは奇妙な静けさに包まれた。やがてマキアヴェッリを取って、ページをめくりはじめた。ドアが開く音は聞こえなかったが、まったく突然、部屋に誰かがいると感じて振り返ると、彼女がいた。

「ヘイ、殺し屋《キラー》」

それまでに出会った誰よりもまばゆい女性だった。肌は蜂蜜色で眼はエメラルドグリーン。まるで内側から輝いているようだった。メイドの制服を着ていても、どこか堂々とした雰囲気があった。

「どうしてそう呼ぶ？」クライドは訊いた。

「そんな感じがしただけ」

「おれはクライド」

「わたしはヨランダ。友だちは〝ヨーヨー〟って呼ぶわ。でもあなたは友だちじゃない。まだね」

「ヨランダ、きみはいくつ？」

「もうすぐ十八」

「そのアクセントはニューオーリンズ出身かな？」

「耳がいいのね。あなたミュージシャン？」

「トランペッターになりたかったんだ。でも才能がなかった」

「わたしは歌手になるの。〈アポロ〉の〝アマチュア・ナイト〟に出たいんだけど、二十一歳になるまでだめってマチルダが言うのよ！」

「マチルダ。メイド長の？」

「わたしのおばさん。いま面倒を見てもらってる。わたし、数カ月前にニューオーリンズのカトリック・スクールを退学になってね。罰として両親がここに送りこんだの。

一生メイドとして暮らす気なんてないのに！」

「そうだよ、ヨランダ。きみはスターだ。誰が見ても」

「それ、馬鹿にしてる？」

「いや、まじめに。きみはスターだ」

「わたしは歌うために生まれてきた。あなたも何かのために生まれてきたって感じたことある？」

「たったいま、おれはきみに会うために生まれてきたと思った」

「やっぱり馬鹿にしてる」

「ちがう。大まじめだ」

「彼が来る！　じゃあね、キラー」

ヨランダが急いでひとつのドアに消えると、別のドアからミスター・Oが出てきた。

「私の部屋に来てくれ、クライド」

「おはようございます、ミスター・O」

ミスター・Oの事務室は広々としていて風通しがよく、そびえ立つ整然とした本棚はニューヨーク公共図書館の百三十五丁目分館を思い出させた（ぜひ読めとボスがいろいろな本の話をするので、クライドは頻繁に訪れていた）。

「坐りなさい、クライド。さっそく本題に入ろう。アダム・スミスという名前を聞いたことがあるかね？　イギリスの経済学者だ。資本主義の基礎は需要と供給だと言った。私はその手法で禁酒法時代に富を築いた。法律がなんと言おうと、酒の需要はある。だから私は供給した。いまはマリファナの需要が増えているようだ。十年前はミュージシャンだけが知っていたが、近ごろじゃ演奏を聴きに来る連中もハイになりたがる。ハーレムに来る白人が欲しがるんだよ。そこでメキシカン・ロコウィードの供給を増やして流通手段を見直すことにした。今後はジェントルマン・ジャックの理髪店を窓口にする。地下倉庫をきれいに改装して事務所にしたから、そこで運営していく。きみが幹部になって流通と販売を統括するんだ」

「つまり付き人は辞めるってことですか？」

「そういうことだ、クライド。きみの役職はジェントルマン・ジャックの店のビジネスマネジャーだ。メキシカン・ロコウィードがそこに運びこまれるが、きみがメキシコ人と会うことはない。毎週月曜にピーウィがカバンに詰めたジョイントを届けるから、その十二本入りのパッケージをネットワークの売人たちに分配する。彼らは週に一度、事務所に来て在庫を仕入れ、前週の売上を置いていく。売人たちは理髪店に来るふつうの客に見えるし、得た利益は私のほうで完全に合法な事業を通して洗浄する。ピーウィは毎週、ジョイントのカバンを持ってきて、帰りは事務所から現金の詰まったカバンを持って出る。私は収益を分配する。みんな儲かる。とくにきみはな、クライド。あと、個人的に特別な客にもハーブを売ってもらう。大きな昇進だぞ、クライド。リーファーはかなり大きなビジネスになる可能性がある。一方で、非常に大きな危険がともなう可能性もある。どうだ、やってみるか？」

「もちろんやります、ミスター・O」

「だろうと思った」

＊

　こうしてクライド・モートンは、その名を世に知らしめる天職についた。ハーレムの内情につうじたマリファナ愛好家《ヴァイパー》たちにとって、彼は唯一無二のザ・ヴァイパーになった。ジェントルマン・ジャックの店の地下室は事業開始から三カ月で爆発的に売上を伸ばした。あまりの急成長にクライドは少々不安になり、あるとき理髪店の事務所に荷を届けたピーウィに、その不安を打ち明けた。

「ここに置くぞ、クライド」ピーウィはジョイントのカバンを机に置いた。「今週分だ」

「こっちは先週分の上がりだ」クライドも、見た目は同じで中身は現金のカバンを机に置いた。

「美しきかな人生」

「なあ、ピーウィ、ひとつ訊いてもいいかな。売人の誰かが隠し事をしてるって心配したことはないか?」

「ヴァイパー、おまえに隠し事?」

「ああ」

「ありえないね。ミスター・Oが言うようにさ、おまえはハーレムで愛されながら怖れられてる男だ」

「おれが?」

「そうともさ。白人の商売人はおまえを怖れてる。やつらにあれだけ重傷を負わせても罰されないから。同じ理由で黒人たちはおまえを愛してる。けど、怖れてもいる。ここの売人はみんな黒人だ。白人を殴ってお咎《とが》めなしなら同胞にはもっと残虐なことができると彼らは思ってる。おまえに隠し立てをする勇気なんかないよ」

「あんた、マキアヴェッリを読んでるのか?」

「誰だ、そいつ?」

*

ある晩、クライド・〝ヴァイパー〟・モートンがジェントルマン・ジャックの店を出ると、みすぼらしいスーツを着た恰幅のいい白人が近づいてきた。赤ら顔にそばかすが散っている。すぐうしろに制服警官がふたりついていた。男はバッジをさっと見せた。

「ニューヨーク市警のレッド・カーニー刑事だ」

彼はそう名乗ると、にぎやかで誇り高い七番街の黒人たちのまえで、ヴァイパーの顔を殴りつけた。

「壁に向かって立て、ニガー！」カーニーは叫んだ。「さあ、おまえたち、こいつを調べろ。ポケットの中身を全部出せ」

「これはなんのまねだ？」ヴァイパーは切れた唇から出た血が口のなかにたまるのを感じながら怒鳴った。

「黙れ、ニガー！」人だかりができはじめた。「ほらみんな、下がって」カーニーは吠えた。「下がれ」

「あんたらなんか怖くないぞ」ヴァイパーは制服警官のひとりに荒々しく身体検査をされながら言った。

「そうか？　怖がったほうがいいと思うがね！」カーニーはそう言うと、ヴァイパーの腹に一撃をくらわした。ヴァイパーはたちまち歩道に倒れこんであえいだ。「その黒いケツをブタ箱にぶちこんでやる。さあ、こいつを車に乗せろ」

警察署に着くと、ヴァイパーは警官たちに独房に放りこまれ、突き飛ばされた勢いで頭を壁にぶつけて気絶した。意識が戻ったのは早朝だった。ふたりの警官が彼を独房のベッドから引き上げ、ずるずると引きずって廊下を進み、小さく殺風景な事務室の金属製の椅子にどさっとおろした。ヴァイパーは頭がズキズキした。金属製の机を挟んだ向かいには、そばかす顔の若い警官が坐っていた。

「おはよう、ヴァイパー」レッド・カーニーがほとんど友だちに声をかける調子で言った。「うわ、ひどい顔だな。悪いがこうしなきゃならなかった。しかも大勢の人がいるまえで。おれは、おまえが理髪店で経営してるミスター・Oのあの小さなビジネスを支援してる。まだわからないだろうが、おれはおまえにとって、かつてない最高のパートナーになるぜ」

「もう帰ってもいいか？」ヴァイパーは訊いた。

「もちろん」カーニーは答えた。「ミスター・Oが待ってる」

署の外に銀色のロールス・ロイスが停まっていた。運転席のピーウィは、ヴァイパーが後部座席のエイブラハム・オーリンスキーの隣に乗りこむのを、帽子のつばの下から用心深く見ていた。

「おはよう、クライド、ひどい夜だったか？　すまないな、だが避けて通れなかった。

きみがやることすべてにレッド・カーニーが目を光らせていると見せかける必要があってな」

「わかってます、ミスター・O」ヴァイパーは答えた。

「だろうと思った」

「でも、うれしくはありませんね」

「だろうとも。今日は休め、クライド。ピーウィ？」

「なんでしょう、サー？」

「クライドを家まで送るぞ」

＊

ピーウィがレノックス・アベニューに立つ褐色砂岩《ブラウンストーン》の建物のまえに車を停めたとき、ヴァイパーには、外階段の下に立っている人物が誰かわからなかった。濃紺の帽子をかぶった制服姿の黒人男であることはわかったが、ロールス・ロイスからおりて初めて、その男がプルマン列車のポーターだったことに気づいた。兄が嫌悪に顔をゆがめて彼を睨みつけていた。

「なんてざまだ」ポーターはうなった。

「やあ、サディアス」

「その顔はどうした、クライド？　いったいどんな悪事に手を染めてる？」

「会えてうれしいよ、兄さん。何年ぶりかな、二年？」

「二年半だ」

「コーヒーをおごるよ」

ヴァイパーは通りの先の食堂に兄を連れていった。ウェイトレス長は、ヴァイパーの顔のあざをひと目見て息を呑《の》んだ。「隅のボックス席にどうぞ、ヴァイパー」彼女は言った。「その眼を冷やすものも持ってくるわね」

「ありがとう、スウィートハート」

兄弟はボックス席に落ち着いた。ふたりで黙って坐っていると、ウェイトレスがコーヒーと保冷剤を持ってきた。サディアスがようやく口を開いた。「二年半ものあいだ、母さんに便りひとつ寄こさずに」

「何を言えばいいかわからなかったんだ、サッド。ミュージシャンになるために家を出たけど、一発目に受けたオーディションで才能がないことがわかった。恥ずかしかったんだ」

「あのとんだ愚か者のウィルトンおじの言うことを真に受けたからだ」

「おじさんは元気？」

「失明したよ。梅毒で。もう正気も失った。州立病院に入ってる」

「気の毒に、サッド。ごめん、おれは本当に馬鹿だった。ミュージシャンにはなれなかったけど、いまはひとかどの人間になってる。母さんは？」

「悲しんでる。おまえの噂を聞いたからだ、クライド。おれが聞いた。プルマンのポーターは全米にネットワークがある。国じゅうの列車に乗ってるからな。そこで噂になってた。おれの弟のクライドの話で持ちきりだ。最初は、おまえがどこかのユダヤ人のギャングのもとで借金取り立てのごろつきになったという話だった。いまやドラッグの売人だそうだな！　それがおまえの言うひとかどの人間か？」

「おれが週にどのくらい稼いでるか知ってるか、サディアス？　兄さんが旅行執事でもらうよりずっと多い」

「それが誇らしいとでも？」

「ああ、そうさ！　来年にはミーチャムに帰って、母さんに家を買ってやる！」

「母さんはおまえには会いたがらない、クライド！　それを言いにここまで来たんだ。帰ったって誰ひとり、おまえには会いたがらない。バーサの身にあんなことも起きたし」

「え？」

「ほんとに知らないんだな。おまえの婚約者だったバーサ、憶えてるか？」

「当たりまえだ、サッド」

「泣いてるのを駅に置き去りにしただろう」

「彼女はどうしてる？」

「ほんとに知らないんだな」

「何を？」

「バーサは自殺したよ」

「なんだって？」

「おまえがいなくなって半年後だった。おまえがどこで何をしてるか、誰も知らなかった。バーサは剃刀で自分の喉を切ったんだ」

「まさか！　そんな！」

「妊娠してた。それも知らなかったんだろうな」

「そ……そ……そんな気もしてた」

「喉を切ったとき、臨月だった」

「それで……赤ん坊は？」

「どうなったと思う？　気になるか？」

「サッド、おれが……おれが悪かった」

「もう行く」サディアスは立ち上がると、帽子をまっすぐに直し、制服の襟を引いて整えた。「列車に戻らないと。ここに来たのは、おまえにひとつだけ言いたかったからだ、クライド。ぜったいアラバマには帰ってくるな」

＊

「教えて、ヴァイパー」バロネスは尋ねた。「あなたの三つの願いは何？」

一九六一年十一月、ニュージャージー州ウィーホーケンの〈キャットハウス〉で、ポークチョップ・ブラッドリーは友人に説いて聞かせた。

「クライド、おまえはいまショック状態だ。今夜、ヨランダの家で起きたことに衝撃を受けてる。だが、しっかりしろ」

「ほっといてくれ、ポークチョップ。おれはいま考えてる」

ポークチョップは憤慨して首を振った。「好きにすりゃいいさ」

ベーシストはソファから立ち上がると、猫たちの茂みを抜けてバロネスの広いリビングの向こう側へ歩いていった。

ヴァイパーはメモ帳と鉛筆を取り上げた。ふと思いついたのだ。ひとつ目の願いを書いた。

故郷を出なければよかった。

4

一九四〇年十一月下旬。ヨーロッパで戦争が勃発《ぼっぱつ》していた。フランクリン・D・ルーズベルト大統領が三期目に選ばれたばかりだった。そしてヴァイパー・モートンは、ハーレムのプリンスだった。大きな黒いキャデラックに乗って黒人のアメリカの首都を巡回した――ポン引きと娼婦が立つザ・マーケットと呼ばれる五ブロックの地区、高名な医師や弁護士、政治家、起業家の優美なタウンハウスが立ち並ぶハーレムの二ブロックの一等地、ストライヴァーズ・ロウ。ミュージシャン、歌手、ダンサー、芸術家や文筆家といったハーレム・ルネサンス（一九二〇～三〇年代のハーレムにおけるアフリカ系アメリカ人の文化や音楽、芸術の全盛期）の申し子たちが気取って歩くレノックス・アベニュー。ヴァイパー・モートンが高級車をどこに走らせても、人々はみな彼に気づいた。通りすぎる彼に年配の男たちは帽子をちょっと持ち上げる。投げキッスを送る女たちもいる。同年代の男たちは――このときヴァイパーはまだ二十三歳だったが――畏敬と羨望の眼差しを向ける。人々は彼に呼びかける。

「よう、ヴァイパー！　元気そうだな、兄弟……」

「調子はどうだい、ヴァイパー？　明日、散髪屋でな」

「ヴァイパー、ベイビー、あたしの誕生日パーティに来てくれるって言ったよね！」

「ねえ、ヴァイパー、今夜わたし〈サヴォイ〉で踊るの。ショーが終わったら楽屋に寄って」

リーファーのビジネスは急拡大していた。〈ジェントルマン・ジャック理髪店〉の地下事務所は、メキシカン・ロコウィードの理想的な流通拠点だった。ヴァイパーが束ねる売人たちはハーレムじゅうにいた。おまけにレッド・カーニー刑事の庇護により、警察はヴァイパーに手出しをしなかった。道ですれちがうと丁重に会釈する制服組もいるほどだった。

ヴァイパー・モートンが〈アポロ・シアター〉に行けば、特等席に案内された。大好きなバーベキュー・スペアリブとコーンブレッドの夕食を求めて〈レッド・ルースター〉を訪れれば、どれほど店が混雑していようと、いつでも店長が席を用意してくれた。客が全員黒人で販売員が全員白人の〈ブラウンスタイン〉デパートに足を運べば、亡き創業者の息子のアーサー・ブラウンスタイン・ジュニアみずからが接客に現れた。ヴァイパーは宝石店売り場に好んで立ち寄り、短いつき合いの新しいガールフレンドのためにカウンターで安手の宝石を選んだ。あるいは、自分の派手な腕時計のコレクションを増やすこともあった。このまえはダイヤモンドがちりばめられた馬蹄形のカフスボタン――父親に敬意を表して――を自分のために買った。なんといっても、ヴァイパーは金を払う必要さえないのだ。

「掛け売りにしておきますね、ミスター・モートン」アーサー・ブラウンスタイン・ジュニアはいつもそう言ってウインクした。

二年前、白人のあいだでグリーン・レディが流行《はや》りはじめているとミスター・Oが言ったのは正しかった。ヴァイパーは一流の得意客をまかされ、たいていナイトクラブの奥まった席で接待した。アーサー・ブラウンスタイン・ジュニアは、そういった常連のひとりだった。

「ああ、ヴァイパー、狂騒の二〇年代にあなたがここにいたらなあ」アーサーはジョイント一ダース分の代金の五ドルを差し出し、ドライマティーニに物憂げなため息をもらした。まだ壮年の盛りで五十歳にもなっていないのに、ミスター・Oの旧友の多くと同じく往年のハーレムに思いを馳《は》せ、在りし日の〈コットンクラブ〉を懐かしむ。が、おそらく彼は忘れている。かりにヴァイパーが当時いたとしても、ハーレムのその格式高いクラブでは、芸人や給仕はすべて黒人で客はすべて白人であり、ヴァイパーは雇われるのが精いっぱいで着席などとても許されなかっただろう。

「スコットとゼルダ（小説家F・スコット・フィッツジェラルドと妻のゼルダ・セイヤー）にはそこで会ったのだ」アーサー・ブ

ラウンスタイン・ジュニアは、ナイトクラブのテーブルでヴァイパーと会うたびにそう言った。「もぐり酒場《スピークイージー》や大衆酒場《ジン・ジョイント》！　知らないなんてもったいない」

「そのころはアラバマで育つ無邪気な裸足の少年でしたから」

「ああ、そうか」ブラウンスタイン・ジュニアはため息をつき、「あなたの若さがうらやましい」とマティーニの最後の一滴を飲み干して、「ミスター・Oによろしく」と言うのだった。

じつのところ、ヴァイパーはもうミスター・Oにあまり会っていなかった。ボスはこの一年、ハーレムにはめったに顔を出さなくなっていた。莫大《ばくだい》な金と大量のハーブは、運転手兼運び屋のピーウィをつうじてやりとりされた。

ヴァイパーは、ビジネスについて話し合うために合計三回、パーク・アベニューにあるミスター・Oのペントハウスに呼び出された。初めて訪れたときにはヨランダに会った。

「友だちは〝ヨーヨー〟って呼ぶわ。でもあなたは友だちじゃない。まだね」

そのあとの二回では、まったく彼女を見かけなかった。本がずらりと並ぶミスター・Oの小さな書斎でたった一度会ったきりで、かれこれ二年になるが、ヴァイパーは毎日のようにヨランダのことを考えていた。夜は彼女の夢を見た。

＊

当然ながら、週末はつねにリーファーの売上のピークだった。ハーレムで最先端を行く多くの人たちの週末は、月曜の朝四時に〈ハッチの隠れ家《ハイダウェイ》〉で朝食パーティをして締めくくらなければ終わらないのだった。ハッチの店はナイトクラブでもなければ、レストランや食堂でもなかった。百三十三丁目通りの地下にあり、週に五時間しか営業しない。毎週月曜の朝四時から九時まで、リロイ・ハッチャーソンがメープルシロップの滴るパンケーキと厚切りベーコン、山のような卵に、ほかほかのコーングリッツを出し、みなバンドの演奏をバックに食べたり踊ったりいちゃついたりして、終わりゆく週末の数時間を愉しんだあと、月曜のぎらつく朝日のなかによろよろ出ていく。ヴァイパーの売人たちはいつも、ハッチの店でメキシカン・ロコウィードを売りまくった。ミスター・Oがレッド・カーニーを抱きこんで特別に取り計らってもらっていたので、ハッチの店の月曜の朝食は、人々が気兼ねなくジョイントに火をつけられる数少ない公の場だった。ヴァイパーも、家庭的な料理のにおいのなかに漂うメキシカン・ロコウィードのかすかな香りに慣れていた。しかしこの月曜日、活気あふれる〈ハッチの隠れ家〉に足を踏み入れると、変わったにおいが鼻をかすめた。知っているにおいだが、いつものとはちがう。そう、ハーブではあるが、もっと香りがきつく、刺激が強い。カリブのドープだった。

「お、よう、ヴァイパー、いっしょにどうだい」

ウェスト・インディアン・チャーリーがひとりで坐り、ちょうどパンケーキを食べ終えるところだった。羽振りがよさそうで、粋なスーツを着て、ヴァイパーが〈ブラウンスタイン〉の貴金属カウンターで見たことのある金のカフスボタンをつけていた。

「会えてうれしいね、ご友人。どうぞ」

「やあ、チャーリー。ここで会うのは初めてだ」

「ああ、でもこれが最後じゃないぜ。おれのハーブのにおい、わかるだろ？　ドアから入ってきたとき鼻をくんくんさせてたもんな」

「気づいたよ」ヴァイパーはそっけなく言った。

「この店で長年商売してるのはミスター・Oだけってのは重々承知だ、ヴァイパー。ただ、ハッチはもう少しメニューが増えても喜ぶと思うけどな」

「チャーリー、おまえがカリビアン・ハーブを売り歩くのはべつにかまわないが……」

「自分の縄張り《シマ》では売ってほしくない。そう、まさにそこをあんたと話し合いたいのよ、ヴァイパー。おれはあんたのロコウィードよりいいやつを売ってるし、それはあんたもわかってる。おれたち協力すべきじゃないかな」

こいだ」

「おれたちだけじゃないさ」チャーリーは一段と歌うような調子になった。「独立した黒人の代理店を作るべきだ。おれはこれから島にできるサプライチェーンをたくさん握ってる。港湾局にもコネがある。そしておれのタクシー業務は資金洗浄にもってこいだ」

「で、おれに何を期待してる？」

「ヴァイパー、言わなくてもわかるだろ？　名声、商才、警察の庇護だよ」

「ミスター・Oから離れた瞬間、レッド・カーニーの庇護はなくなる」

「そうともかぎらないさ。考えてみろよ、ヴァイパー。おれが供給、あんたとピーウィで商売をまわして、ビッグ・アルが用心棒……」

「ビッグ・アル？」

「ああ、やつにも打診した。けど基本はあんたとおれとピーウィだ。おれたち三人、三人の誇り高き黒人がいっしょに事業をやるんだ。いまこそおれたちがハーレムのリーファー市場で主導権を握るときじゃないか。イタリア人が参入してくるまえに。マフィアにとってゲージはまだ見知らぬ存在だからな。世代交代のときだよ、ヴァイパー。行く手を阻むのはミスター・O、あの老いぼれ白人だけだ」

「アメリカへようこそ、ウェスト・インディアン・チャーリー」ヴァイパーは含み笑いをした。

「そうやって笑うが、おれの故郷の島では奴隷が反乱を起こしたんだぜ。白人が自由を与えてくれるのを待ってたわけじゃない。自分たちで手に入れたんだ。あんたもそろそろミスター・Oから自由になれよ」

「西インド諸島の反乱では奴隷が主人を殺したのか？」

「そうとも」

革のような肌と先の尖った山羊ひげのウェスト・インディアン・チャーリーは、どことなく悪魔のようだった。ヴァイパーはチャーリーから眼をそらし、ほんのわずか首を傾《かし》げた。そのときふと、彼女がいるのに気づいた。〈ハッチの隠れ家〉の奥のボックス席に坐っている。ヨランダだった。蜂蜜色の肌とエメラルドグリーンの眼。ヨーヨー。だが、そう呼ぶのは許されていない——まだ。紫のパーティドレスを着たヨランダが、ゆっくりとジョイントを吸い、夢見るように吐き出し、灰皿でもみ消した。ヴァイパーの視線を感じたのだろう。眼と眼が合った。ヨランダが強い日差しのような笑みを浮かべた。ヴァイパーの胸が高鳴った。ちょうどそこでピーウィがヨランダのテーブルに歩いていった。運転手の制服ではなく私服姿で。小男はヨランダがヴァイパーを見ているのに気づき、友人で仕事仲間のほうを見てニヤリとした。その勝ち誇った笑みは〝そう、そのとおり……彼女はおれといる！〟と語っていた。朝の五時だ。ふたりはひと晩じゅういっしょだったのか？　ピーウィはヨランダの手を取り、人混みをかき分けてブレックファスト・クラブから出ていった。

「あら、もしかしてあたしの大好きなおふたりさん！」ヴァイパーの集中は、聞き憶えのある甲高い声に妨げられた。「ヴァイパー・クライドに、ウェスト・インディアン・チャーリー！」

「おはよう、エステラ」チャーリーが言った。

「やあ、ベイビー」ヴァイパーも応じた「元気だった？」

エステラはヴァイパーの膝の上にどさっと坐った。一年以上会わないうちに、エステラは驚くほど老けこんでいた。まだ三十そこそこなのに顔はやつれ、眼もうつろだった。

「何が〝やあ、ベイビー〟よ、クライド。あの肌の色の薄い女《ビッチ》を鼻の下伸ばして見てたでしょう。あんな女、あたしが忘れさせてあげる」

「ふたりはもう知り合いのようだな」ウェスト・インディアン・チャーリーが言った。

「知り合い？　あたしはこのカントリー・ボーイにハーレムで初めてプッシーをあげたのよ！　そうよね、ヴァイパー・クライド？」

「ええと、あー、エステラ、おれは……」

「チャーリー、持ってきてくれた？　お金はないけど……」

「心配すんな、エステラ。つけにしとく」

チャーリーは上着のポケットに手を入れた。てっきりジョイントを出すのだと思っていたら、エステラに渡したのは小さな正方形のワックスペーパーだった。

「恩に着るわ、ウェスト・インディアン・チャーリー」

それでヴァイパーにもわかった。チャーリーはカリビアン・ハーブだけでなく、ヘロインも売っている。

「さて、おれは失礼するよ」チャーリーはテーブルから立ち上がった。「再会を愉しむといい。それとヴァイパー、いまの件、考えといてくれ」

「わかった、チャーリー」

「ねえ、ヴァイパー、ベイビー」エステラが甘ったるい声を出した。「あたしがあの色薄ビッチを忘れされてあげる。出ましょう」

「どこへ行く?」

「パラダイスよ」

*

外の通りはまだ夜の闇に包まれていた。エステラはヴァイパーを八番街の怪しげな一画に連れていった。ときどき建物の入口で丸まって眠っているホームレスを別にすれば、通りに人気《ひとけ》はなかった。配達トラックが何台か横を走っていった。エステラは脇道に入り、老朽化した共同住宅の正面のドアを開けた。どうやらそこは廃墟《はいきょ》になりかけていて、ドアのないアパートメントの玄関がいくつも口を開け、暗くがらんとした部屋がまる見えだった。階段の吹き抜けは小便臭い。三階に上がると、眼のまえをネズミが走り抜けた。ふたりは四階までのぼった。エステラは壊れそうなドアを押し開けた。

「起きなさい、役立たずのニガーたち！」彼女は甲高い声で叫んだ。

男が六人、部屋のあちこちにある肘掛け椅子やソファでぐったりしていた。みなヴァイパーの知っている顔だった。全員ミュージシャンだ。ほぼ全員が宙を見つめているか、うとうとしていて、ヴァイパーは地獄の待合室に足を踏み入れた気がした。ひとりだけ楽器を鳴らしている男がいた。トレードマークのストライプの蝶ネクタイをきちんと結んだビル・ヘンリーだ。隅に坐ってクラリネットをいじっていた。

「よう、ヴァイパー、何しにここへ？」

「やあ、ビル」

「あれは手に入ったか、エステラ？」

「もちろんよ、スリム」

才能豊かなサックス奏者のスリム・ジャクソンが、裸足にだぶだぶのズボンと汚れた肌着だけの恰好《かっこう》でソファに沈んでいた。病的な姿だった。スリムは眼を細め、すぐまえに立った男が誰か、ようやくわかったようだった。

「ヴァイパーから買ったのか？」

「まさか、スリム」ヴァイパーが答えた。「おれはヘロインは扱わない」

「ほう、ヴァイパー、あんたもやるといいぜ」

「さあ、スリム。ウエスト・インディアン・チャーリーからもらってきたわよ」

ヴァイパーが麻薬常用者のたまり場《シューティング・ギャラリー》を見るのは初めてだった。腰をおろして、ジョイントに火をつけた。スリム・ジャクソンがコーヒーテーブル代わりの木箱に屈み、ヘロインを出してスプーンの上で液体と混ぜ、ライターの炎であぶった。注射針を見てヴァイパーは身震いした。スリムはベルトを腕に巻いて強く引くと、盛り上がった血管に針を立て、白眼をむいた。

「ああ、ちくしょう、たまらん」

「ちょっと、スリム」エステラが叫んだ。「あたしにもやってよ、ベイビー！」

「おれがやってやる、エステラ」ビル・ヘンリーが言った。クラリネットを置き、脚を引きずってスリムのところまで来ると、注射器とベルトを奪ってエステラの腕をつかみ、そっと針を刺した。

「ありがと、ビル」

「やってみないか、ヴァイパー?」

「気にせずどうぞ、ビル。注射は苦手なんで」

「あなたが欲しいものならあるわよ、ヴァイパー」エステラが言った。「いらっしゃい」

エステラはヴァイパーを連れて廊下を歩き、暗くてみすぼらしい寝室に入った。ロッカールームのようにムッとする汗のにおいが漂っていたが、ヴァイパーは気にしなかった。欲情していた。ずっとヨランダのことを考えていたからだ。エステラはベッドで大の字になった。

「さあ、ベイビー」エステラは言った。「色薄ビッチを忘れさせてあげる」

ふたりは服も脱がなかった。ヴァイパーはズボンを足首までおろし、エステラはスカートをまくり上げてパンティを下げた。ほんの数分で事はすみ、終わると同時にヴァイパーは眠りに落ちた。

どのくらいエステラの横で正体をなくしていただろうか。ヴァイパーはにおいで目覚めた。胸が悪くなるような甘い悪臭だった。眼を開けるまえから、頬にべたつく嘔《おう》吐《と》物を感じた。

「うわあーっ!」

ヴァイパーはベッドから飛びのいて壁にぶつかった。エステラはベッドに仰向けになり、眼を大きく見開いて息絶えていた。口からあふれたシロップのような嘔吐物――ハッチの月曜朝のメニュー――が枕に広がっていた。

ヴァイパーはよろめきながら廊下に出てバスルームを見つけた。錆《さび》だらけの洗面台に顔を突っこみ、エステラが吐いたものを洗い流した。リビングに戻ると、ジャンキーたちはみな眠っていた。蝶ネクタイのビル・ヘンリーだけが起きていて、まだクラリネットを弄んでいた。ヴァイパーを見上げた眼には生気がなかった。

「よう、ヴァイパー。何しにここへ？」

「またな、ビル」

ヴァイパーはたまり場をあとにした。夜が明けて、ハーレムの通りは騒がしくなりはじめていた。ヴァイパーはレノックス・アベニューの家に戻り、バーボンのボトルを開けると、酔いつぶれるまで飲んだ。アラバマ州ミーチャムにいたころの婚約者バーサの幻を見た。バーサは全裸でバスルームの鏡のまえに立っていた。腹が大きくふくらんでいる。臨月だ。喉に当てた剃刀《かみそり》を持つ手が激しく震えている。その刃で首を横にかき切り――。

＊

電話が鳴り、ヴァイパーは飛び起きた。

「はい」

「やあ、クライド」

「ああ、どうも、ミスター・O」

「ペントハウスに来てくれ。すぐにだ」

ヴァイパーはダウンタウンまで車を飛ばした。

「こんにちは、ミスター・モートン」

ミスター・Oのペントハウスの黒人ドアマンはいつものように愛想がよかった。黒人エレベーター係も同様だった。

「こんにちは、ミスター・モートン。最上階まで一気にお連れします！」

メイド長のマチルダも相変わらずふくよかで陽気に正面のドアを開けた。

「まあ、クライド・モートン、あなたったら。会うたびにハンサムになるじゃない！」

メイドたちはせっせとジョイントを巻きながら歌うように声をそろえて……

「ハーイ、クラーイド」

……陽光あふれる作業部屋を通り抜ける彼とマチルダに言った。

ヴァイパーのほうは、今朝たまり場で起きた出来事でまだ動揺していたが、なんとかそれを隠そうと努力した。

「ミスター・Oはすぐ来ますからね」

マチルダは、三方向にドアがつき、本棚が並んだ小さな書斎にヴァイパーを残して出ていった。読書机の上にはいつものマキアヴェッリの『君主論』があった。突然ドアのひとつから、蜂蜜色の肌とエメラルドグリーンの眼をした娘が、メイドの制服姿で猫のように音もなく、すっと入ってきた。

「こんにちは、キラー」

「その呼び方はやめてくれないか、ヨランダ」

「どうして？　ぴったりなのに。今朝は〈ハッチの隠れ家〉で話もできなくてごめんなさい」

「きみは彼氏といっしょだった」

「ピーウィは彼氏なんかじゃないわ。キスだって許したことないんだから」

「だったら朝の五時にあいつと出歩いて何してる？」

「わたしはこのペントハウスの囚人よ！　マチルダおばさんが刑務所長みたいに見張ってるから。でもおばさんは早寝なの、とくに日曜の夜は。だから、たまにピーウィとこっそり出かける。彼はわたしをクラブに連れてってくれて、マチルダおばさんが目を覚ます六時になるまえに帰してくれる」

「いつもなのか？　日曜の夜はピーウィと抜け出す？」

「これまでに三、四回よ。バンドの演奏を聴いて自分の技術を磨いてるの」

「それで、ピーウィは親切心でそうしてるのか？　キスも期待せずに？」

「結婚してくれって言われてるけど」

「つまり、きみは彼に気を持たせてるのか？」

「わたしは二十一歳までマチルダおばさんの監督下に置かれてる。あと十三カ月。そしたら、やっと自由になれる。ここから出ていって歌手になるの、偉大なジャズシンガーに」

「ピーウィはどうなる？」

「何よ、クライド、わからないの？　わたしが求めてるのはあなたなのに」

「いや、ヨランダ。それはわからなかった」

ヨランダはヴァイパーを鋭く見つめた。まっすぐ歩いてきて、体と体が触れ合うくらい近くに立った。

「もうヨーヨーって呼んでもいいわ」

そう言うなり、まわれ右をすると、彼女はすばやく静かに、入ってきたのと同じドアから出ていった。二秒後、書斎の別のドアが開いた。

「入りなさい、クライド」ミスター・Oが言った。

「電話では緊急ということでしたが」

シルクのパジャマの上に黒っぽいベルベッドのバスローブというミスター・Oの恰好を見て、ヴァイパーは驚いた。ビジネススーツ以外のボスの姿を見るのは初めてだった。ミスター・Oは弱々しくスリッパを引きずりながら、机のほうに歩いた。ふたりはミスター・Oの事務室の広々とした書庫で向かい合って坐った。これほどまでに感情を抑えた厳粛な雰囲気のミスター・Oを、ヴァイパーは見たことがなかった。

「エステラのことを聞いた」ミスター・Oが口を開いた。ヴァイパーはそのとき初めて、老人の眼の縁が赤くなっていることに気づいた。泣いていたのだ。「なぜ死んだ?」

「お耳が早い」

「私は至るところに耳を持っているのだ、クライド。きみが生きているより長いあいだ、ハーレムを知っている。エステラがサウスカロライナから出てきたときのことをよく憶えている。本当に可愛かった。北部に来たことにすごく興奮していてな」老人はことばを切り、長く青白い首の喉仏を震わせた。「葬儀のために遺体を南部に送り返しているところだ。ウェスト・インディアン・チャーリーと出会ったのが彼女の運の尽きだった」

「彼はビジネスマンです」

「ヘロインは汚れたビジネスだ、クライド。私はああいった害毒は決して扱わないが、きみはどうだ?」

「今朝の光景を見たら、おれも御免です」

「あんなものを売りつけるとはどんな獣だ？」

「チャーリーはピーウィとおれに話を持ちかけました」

「ビッグ・アルにもな。そう、聞いている。きみを付き人にするまえには、ビッグ・アルを試したんだ。彼はとんだあほうだったがね」

「理髪師としてはまともです」

「ウェスト・インディアン・チャーリーはヴードゥー教の呪術師のようなやつだ。知ってるだろう？」

「そんなものは信じてません」

「チャーリーの真の計画はわかるな？　きみに私を消させ、次にきみを消そうとしている。われわれのビジネスすべてを乗っ取る気だ。メキシカン・ロコウィードの代わりに、ジャマイカの黄金だかなんだかとあいつらが呼びくさるゴミを売るために。チャーリーは私たちを全滅させる気だ。わかるだろう、クライド？」

「はい」

「ウェスト・インディアン・チャーリーをこのビジネスから排除しなければならない。永久に。それをやるのはきみだ、クライド。ピーウィも加勢するが、やるのはきみしかいない。この日が来るのはわかってただろう。次の段階に進むべきときだ。心づもりはできてるか、クライド？」

「ええ、ミスター・Ｏ、できてます」

「だろうと思った」

ミスター・Ｏはすでに段取りを細かく考えていた。ただ、その計画にピーウィをどう嚙《か》ませるかはヴァイパーに一任された。これはミスター・Ｏの指導者試験だ、とヴァイパーは思った。マキアヴェッリ的な気骨を試されているのだ、と。

＊

翌朝早く、ヴァイパーはナイトクラブ〈ミスター・Ｏ〉の屋上で小柄な運転手と待ち合わせた。四年前、ポークチョップが若きクライド・モートンに、初めてのジョイントを勧めた場所だ。好天だが身を切るように寒かった。鳩が声を合わせて鳴いている。カモメが一羽、甲高く鳴いて頭上を飛んでいった。六階下でクラクションが響き、大通りを車が疾走している。

世間話くらいしてもよかった。〈ハッチの隠れ家〉の月曜朝のデートの首尾を訊いてみるとか。ピーウィのほうからヨランダの話を持ち出し、将来の婚約者と日曜の夜に秘密のデートをしたと自慢してもおかしくなかった。だが、ヴァイパーは彼にそんなチャンスを与えず、すぐさま本題に入った。「ミスターＯから仕事を頼まれた」

「くそ」ピーウィは、ヴァイパーが計画を話し終えると言った。「ミスター・Ｏは何から何まで考えてるな。これでおれたちはいくらもらえる？」

「一万ドルずつ」

ピーウィは口笛を吹いた。「おまえはもっともらってもいいんじゃ？」

「もし捕まれば、あんたの黒いケツもいっしょに電気椅子に送られる。リスクは同じだから、報酬も同じだ」

ピーウィはうなずいた。「で、レッド・カーニーも嚙むのか？」

「ああ」ヴァイパーは言った。「ゆうべ会ってきた」

ピーウィは間を置いた。運転手帽を脱いで、頭をかくと、帽子を戻して顎をなでた。

「気になることは？」

「ひとつだけ」ヴァイパーは答えた。「どうもこれはフェアじゃない気がする。そもそもウェスト・インディアン・チャーリーが売ってるのはこっちより上物だ」

「だったらなおさら市場から追い出す必要がある」ピーウィは言った。「それに、おまえが言ってるのはハーブだろ。チャーリーはヘロインを売ってる。そんなクズはハーレムから消しちまわないと」

「じゃ、やるか？」

「あのクソッたれを殺《や》っちまおう」

*

その夜の十一時半、ヴァイパーとピーウィは、暗い路地につながる裏口から〈ジェントルマン・ジャック理髪店〉に入った。閉店時間は七時なので、正面の入口は施錠され、通りに面した窓も閉まっていた。ふたりは大型の鏡とフラシ張りの理容椅子がある客室で待った。午後のうちにヴァイパーは理髪店のビッグ・アルのところに出向き、タクシー乗り場にいるウェスト・インディアン・チャーリーに取引の意向を伝え、真夜中の会合を設定してもらっていた。真夜中ちょうどに、ヴァイパーとピーウィは店の入口の鍵の音を聞いた。ドアの上の小さなベルがチリンチリンと鳴り、ビッグ・アルとウェスト・インディアン・チャーリーが入ってきた。

「同志たち！」チャーリーはヴァイパーとピーウィと力強く握手を交わしながら叫んだ。「決断してくれて本当にうれしいよ」と言って、ヴァイパーにブリーフケースを手渡した。「一万ドルある。契約金だと思ってくれ」

「クソ契約なんかしないぜ、チャーリー」ピーウィは言った。「だが金は受け取っておく」

「よければ確認してくれ」

「それはあとにしよう」ヴァイパーは言った。「ビッグ・アル……おれとピーウィは、あんたとは関係のないビジネスについてチャーリーと相談しなきゃならない。自分のアパートメントに帰っていてくれ。このブリーフケースを持って。大金をここに置いときたくないんでね。終わったらそっちへ行く」

ビッグ・アルは当惑したようだった。突っ立ったまま、すばやくまばたきをくり返していた。ヴァイパーはチャーリーのほうに向き直り、意味ありげに眉を上げて無言で問いかけた――それでいいな？

「おれはかまわない」チャーリーが答えた。

「おれは仲間じゃないのか」ビッグ・アルが怒鳴った。

「黙れ、アル」ピーウィが刺すような高い声で言った。「おまえは用心棒だ。みんなのまえでおれにぶちのめされたくせに、仕事をもらえただけ幸せと思え。忘れたわけじゃないだろ、アル、あのビール壜の一件を」

「そのくらいでいい、ピーウィ」ヴァイパーは言った。「帰ってくれ、ビッグ・アル」

「おれたちの金を盗もうなんて考えないほうがいいぜ」ピーウィが言った。「それと、出るときに店の鍵をかけておいてくれ。真夜中に散髪できると思って誰かに入ってこられちゃかなわない」

「ほかには？」ビッグ・アルは睨みながら訊いた。

「行っていい」ピーウィは言った。

ビッグ・アルは現金が詰まったブリーフケースを持ち、のしのし歩いて店から出たあと、ドアに鍵をかけた。

「チャーリー」ヴァイパーが言った。「ビッグ・アルの椅子に坐れよ。そこが彼の持ち場だ。何か飲むか？　ジャマイカのラムがある」

「いいね」チャーリーは言った。「けど知ってるだろ、おれはジャマイカ人じゃない」

「ピーウィ、三人分頼む」

運転手はボトルとグラスを三個、食器棚から取り出した。

「エステラのことは残念だった、なあ、チャーリー」ヴァイパーは言った。

「ふん、ヴァイパー、この仕事で感傷的になってたらやってらんねえぜ」

「そうだな」

ピーウィが、ラム酒をなみなみとついだショットグラスをヴァイパーとチャーリーに渡した。「諸君」ヴァイパーは大仰にグラスを掲げた。「われわれの成功に！」

三人はグラスをカチンと当てて乾杯した。

チャーリーがのけぞって酒を飲み干したとき、ピーウィがすっとうしろにまわって上着から手錠を取り出した。チャーリーがショットグラスを持った腕をおろすと、ピーウィはその手首をつかみ、理容椅子の真鍮《しんちゅう》の肘掛けに手錠でつないだ。

「なんのまねだ！」

ヴァイパーはチャーリーのつながれていない腕をつかんだ。ピーウィが手錠をもうひと組出し、もう一方の手首も理容椅子の反対側の肘掛けにつないだ。

「裏切り者のマザーファッカーども！」チャーリーは椅子に両手首をつながれてどうすることもできず、宙を蹴りながら叫んだ。「おれを誰だと思ってるんだ。おれに危害を加えたら死ぬまで呪われるぞ！」

ヴァイパーはビッグ・アルの持ち場から剃刀を取った。チャーリーの髪を片方の手で鷲《わし》づかみにし、もう一方の手で持っている剃刀の刃を喉元に当てた。

ウェスト・インディアン・チャーリーはうなりながら、わけのわからないことばをつぶやきはじめた。憤怒に満ちた異国のことばのように聞こえた。

「アド・デュ・ダンバラ。セクワズ・アンティエン・メ・プァ・ドゥ・モルト」

チャーリーの喉から刃先が数センチのところで、ヴァイパーの手が激しく震えた。

「やれ、クライド！」ピーウィが金切り声を出した。

チャーリーは猛烈な勢いでつぶやいた。

「モルテズマ・リウ・ドゥ・ヴキュイエ・ドゥ・ミウ・ヴォシェット」

「なんて言ってるんだ？」ヴァイパーはパニックを懸命に抑えて訊いた。

「ヴードゥー教のたわごとだ！」ピーウィは叫んだ。「殺《や》れ！」

「アンドンリン・プル・ドゥ・ブワゼット・ダンバラ！」

ヴァイパーは切りつけた。血が間欠泉のように噴き出して、巨大な鏡に飛び散った。

「くそっ！」ピーウィが叫んだ。

チャーリーは理容椅子でうがいのようなグロテスクな音を立てて、がっくり崩れた。切られた喉から血があふれ出し、シャツのまえを濡《ぬ》らした。

ヴァイパーとピーウィは計画どおりにきびきびと動いた。ヴァイパーは剃刀を落とした。ピーウィは手錠をはずしてヴァイパーに渡し、ヴァイパーはそれをポケットにしまった。数日中に、貸してくれた持ち主に返すことになっている——レッド・カーニー刑事に。

ふたりは地下のバスルームに行き、服や手についた鮮血を落とした。裏口から出て、暗い路地に入った。ナイトクラブ〈ミスター・O〉のドアをくぐってすぐに、ブルックリンからハーレムに遊びに来ていた褐色肌の美女グループのテーブルについた。午前一時ごろ、噂が立ちはじめた。ジェントルマン・ジャックの店で殺人があった、と。

午前一時半、数人の警官がビッグ・アルのアパートメントに到着した。

「開けろ、アル！　ニューヨーク市警のレッド・カーニー刑事だ！」

彼らがドアをバンバン叩いているあいだ、ビッグ・アルはソファのうしろに縮こまっていた。ついにドアが壊れた。暴れまわる巨人を制服警官四人が取り押さえ、背後で手錠をかけた。

「アルヴィン・オークリー」カーニーが怒鳴った。「チャールズ・ルイ・デランベール、またの名をウェスト・インディアン・チャーリー殺害容疑で逮捕する」

「ヴァイパーだ！」ビッグ・アルは泣きじゃくりながらわめいた。「ヴァイパーがやったんだ。みんなわかってるだろ、クソッたれが！」

「残念だが、ビッグ・アル」カーニーは言った。「単純明快な事件だ」

翌日の新聞は事件を書きたてた。真夜中、七番街でビッグ・アルがブリーフケースを持ったウェスト・インディアン・チャーリーとともに、ジェントルマン・ジャックの店に入っていくのを十数人が目撃していた。ほどなくビッグ・アルが単独で出てきて、件《くだん》のブリーフケースを手にドアに施錠する姿も確認された。チャーリーは理髪店のビッグ・アルの持ち場で殺された。首を切るのに使用された剃刀もビッグ・アルのものだった。ビッグ・アルの家にはチャーリーのブリーフケースがあり、なかに一万ドルが入っていた。同じ晩のうちに――警察が突入してくるまえに――メキシコに逃走する準備をしていたと思われる。

逮捕から二日後、ビッグ・アルは独房で首を吊った。

＊

それから何かが変わった。クライド・〝ヴァイパー〟・モートンは依然として大きな黒いキャデラックでハーレムの街を巡回していたが、もう人々が彼に声をかけることはなかった。年配の男たちも、もう帽子を上げて挨拶をしない。女たちも投げキッスを送らない。いまや人々は、どちらかというと畏怖のようなものを抱いて彼から眼をそらした。黒人たちはもうヴァイパーに愛情を持っていない。あるのは恐怖だけだった。

5

正確な日付は誰にもわからないが、女男爵《バロネス》パノニカ・ド・コーニグズウォーターが〈キャットハウス〉でジャズミュージシャンたちに質問を始めたのは、一九六一年のどこかからだった。「もし三つの願いがすぐに叶えられるとしたら何がいい？」と。

多くの者は演奏技術をきわめたいと答えた。金が欲しいという願いも同じくらい多かった。世界平和を願う者もいた。ニカのお気に入りはセロニアス・モンクの回答だった。

一、音楽で成功すること
二、幸せな家庭を作ること
三、あんたみたいなクレイジーな友人を持つこと！

ニカが見てきたなかで、この十一月の夜のヴァイパー・モートンほど長々と質問に取り組んだ者はいなかった。ヴァイパーはソファで宙を見すえ、異様なほど集中していた。岩の上で日光浴をする蛇さながら、じっと動かない。指のあいだに鉛筆を挟んでいた。眼のまえのメモ帳に何か書きつけたが、ニカが立っているところから文字は読めなかった。ヴァイパーはどこか様子がおかしい。ニカは、レノックス・アベニューの電話ボックスからこのリーファーマンが出てきたところを、モンクと乗ったベントレーで拾った瞬間から、そう感じていた。三十分前にポークチョップ・ブラッドリーが〈キャットハウス〉に来て、ヴァイパーと緊張した面持ちで話していたが、話の内容は聞こえなかった。いまポークチョップは部屋の隅で、ベースを弾きながらときおり不安そうにヴァイパーを見ている。それでもヴァイパーは気づかず、じっと考えこんでいる。

ニカがミュージシャン以外にこの質問をしたのはヴァイパーが初めてだった。こんなに長いあいだ答えを考えているのはそのせいか？　それとも彼はギャングだから、紙に残すことばに慎重になっているのだろうか。

ニカは新しいバーボン・オン・ザ・ロックを持っていくことにした。ヴァイパーがゆっくり振り向いたので、ニカはメモ帳に書かれたものから慎重に眼を避けて、コーヒーテーブルにグラスを置いた。

「はいどうぞ、ヴァイパー」

「ありがとう、ニカ」

「ねえ、三つの願いを訊いた人には写真を撮らせてもらってるけど、あなたはそうい

浮かべた。

「裏でFBIに協力しているとか、ニカ?」ヴァイパーはかすかに笑みらしきものを
うの嫌いよね、ヴァイパー?」

バロネスはフルートのような柔らかい音で笑った。「冗談言わないで! 六年前に
はJ・エドガー・フーヴァーに強制送還されそうになったんだから!」

ドアベルが鳴った。

「ちょっと失礼」

FBIがバロネスをヨーロッパに帰そうとしているという噂はヴァイパーも知って
いた——彼女のスイートでチャーリー・パーカーが死んだ夜からずっと。ある日、ど
こからともなくジャズ界に現れ、あらゆるミュージシャンと知り合いになり、これほ
どの金やもてなしを惜しみなくばらまく彼女のやり方は、ヴァイパーでも疑わしく思
う。そんなことをして、バロネスにどんな得があるというのか。

「あら、誰かと思ったら!」ニカは〈キャットハウス〉の入口のドアを大きく開けて、
さえずるように言った。

「やあ、バロネス」誰もが知るしゃがれ声が応えた。

マイルス・デイヴィスが入ってきた。泣く子も黙るこの世でいちばんクールなジャ
ズマンだ。この夜中に真っ黒なサングラスをかけていた。いまこのとき、マイルスは

キングだった。けれどもヴァイパーは心配していた。数年前、マイルスはヘロイン常習者で、ようやくイースト・セントルイスの父親の家にこもって薬物を断ったのだ。マイルスをジャンクに走らせたのはチャーリー・パーカーだった。マイルスはバードのバンドのメンバーだったたし、誰も彼もバードを熱心に見習おうとしていた。バードみたいに演奏するにはバードみたいに打たないと、というわけだ。バードが死んで六年がたち、マイルス自身が成功しているいま、ヴァイパーはこのトランペッターがジャンクにもう手を出さないようにと祈るのみだった。マイルスがのんびりと近づいてきた。ヴァイパーはポケットに手を入れ、太いジョイントを取り出した。

「すまんな、ヴァイパー」マイルスはだみ声で言った。

「いやいや、マイルス」

「何を書いてる、回想録か？」

「ニカが三つの願いを書けと言うから考えてる」

「ああ、おれも数週間前に同じ質問をされたよ。おれの願いはひとつだけと答えた」

「それは？」

「白人になることさ！」

マイルスは自虐的に大笑いした。

「昨日、一九四一年十二月七日は不名誉な日として記憶に残るでしょう」大統領が重々しく述べた。「アメリカ合衆国は、大日本帝国海軍から突然かつ意図的な攻撃を受けました」

*

白昼、ヴァイパーはジェントルマン・ジャックの店の地下の事務所で、ラジオから流れるフランクリン・D・ルーズベルト大統領の演説を聞いていた。ビッグ・アルをウェスト・インディアン・チャーリー殺しの犯人にでっち上げたあの夜——一年前だ——レッド・カーニー刑事が捜査の必要なしと判断した事務所にいまもいた。演説に続いて宣戦布告の議会投票がおこなわれるのを聞いていると、帽子に制服姿のピーウィが、意気消沈した様子で事務所に入ってきて、ドスンと椅子に腰をおろした。ヴァイパーはラジオを切った。突然の戦争勃発に小男がショックを受けているのだろうと思ったからだ。ところが、そうではなかった。

「終わったよ」

「何が？」

「ヨランダとおれ」

「マチルダの姪《めい》っこ？」

「とぼけるな、ヴァイパー。おれたちは婚約してたんだ。あいつはそれを反故《ほご》にした」

「なんでまた？」

「今日はあいつの二十一歳の誕生日だ。もう正式にマチルダの保護から解放されるってことさ。あいつ、おれのことは嫌いじゃないが運転手とは結婚しないとぬかしやがった」

「ひどいな、ピーウィ。気の毒に」

「おれはただの運転手じゃないと言ったんだ。ビジネスマンだ！　それに、この先ずっとミスター・Oの運転手でいるわけじゃない」

「で、彼女はなんだって？」

「ただ笑ったよ。哀れなやつだとでも言うように。あのビッチ、自分は白人だと思ってるんだ」

「彼女はニューオーリンズのクレオールだ」

「ってことは、おまえやおれと変わらない黒人ってことじゃないか」

「別れて正解みたいだな」

「今夜、あいつは歌うんだってさ。〈アポロ〉の〝アマチュア・ナイト〟で。このチャンスを四年間待ってたらしい。みんなに知らせてくれと言われた。観客席からの応援が必要なんだと」

「おれは行こう。あんたはどうする?」

「誰が行くか。おれはグリニッチ・ヴィレッジにくり出す。本物の白人の女を探すのさ!」

「いまのうちに人生を愉しんでおくほうがいい。だろ? そのうち徴兵されるかもしれないし」

「いったいなんの話をしてる?」

「パール・ハーバーだよ」

「誰だその女?」

*

その夜〈アポロ・シアター〉は満員だった。当然ながら、ヴァイパーには五列目中央の特別席が用意されたが、誰も近づいてこようとはしなかった。手を振って挨拶する者さえいなかった。ウエスト・インディアン・チャーリーが喉をかき切られ、ビッグ・アルが独房で首を吊ってから一年、ヴァイパーは権謀術数家《マキアヴェッリアン》の運命をたどっていた。すべての人に怖れられ、誰にも愛されない。周囲ではみなが戦争の話をしていた。照明が落とされ、〝アマチュア・ナイト〟が始まった。見込みのなさそうな歌手、見かけ倒しのミュージシャン、捨て身のバンドなどが次々と登場した。ヴァイパーは、アラバマ州ミーチャムから出てきたばかりの無知な田舎者だった若き日の自分を憐《あわ》れむように、彼らを憐れんだ。自分にはトランペッターの素質がなかった。ポークチョップがそれをいち早く教えてくれたから、あきらめた。このアマチュアたちは、そう、みな彼よりうまいが、それでも成功するとは思えなかった。やがてこの日の最後の出場者の出番になった。ヴァイパーは彼女のことが心配で息もできなくなった。

「観客のみなさん」司会者が言った。「温かくお迎えください、ヨランダ・デヴレイです！」

紫のパーティドレスを着たヨーヨーは光り輝いていた。マイクに向かって悠然と歩く姿は異様なまでに落ち着き、くつろいでいて、まったく自然に見えた。舞台が本来いるべき場所であるかのように。このために生まれてきたかのように。そしてヨーヨーは口を開いて歌いはじめた。

これが天使の歌声だとしたら、その天使はきっと荒々しく、火の剣を持って襲いかかってくる。ヨーヨーは空気のようで大地のような、愛らしくも官能的な、柔らかいのにむせ返るような情感に満ちた比類ない声で観客を圧倒した。歌っているあいだじゅう、彼女はヴァイパーをまっすぐに見つめているように感じられた。最後の渾身《こんしん》の一声が放たれると、観客は総立ちになり、万雷の拍手を送った。ヴァイパーもその場に立ち、あふれる涙をこらえて力いっぱい手を叩いた。ヨーヨーはもう彼を見ていなかった。観客をゆっくりと見渡し、輝いていた。全身で称賛に浸っていた。これは彼女にとっての洗礼だった。

数分後、司会者が大声で発表した。「今宵の〝アポロ・シアター・アマチュア・コンテスト〟の優勝者は――満場一致で――ヨランダ・デヴレイに決定しました！」

楽屋でヨーヨーは大勢に取り囲まれていたが、ヴァイパーが人混みをかき分けて歩いてくるのが見えると、みなあわてて脇によけた。

「クライド！ 来てくれてうれしいわ！」ヨランダは顔を輝かせた。「ずっとあなたを見てたのよ、わかった？」

「ああ、わかった、ヨーヨー」

「ねえ、どこかに連れてって！」

ヴァイパーはヨーヨーと〈サヴォイ・ボールルーム〉に行った。ふたりは奥のブース席に案内された。ヴァイパーはロゼのシャンパンを注文した。

「誕生日おめでとう、ヨーヨー」

「ありがとう、キラー」

「その呼び方はやめろって」

「どうして？ あなたが何者かわかってるのに」

「おれもきみのことがわかる、ヨーヨー」

「どんなふうに?」

「すばらしい歌手だ。スターだ」

「今夜たくさんの人から名刺をもらったわ。バンドに加わるべきだと思う?」

「バンドによりけりだな。〈ミスター・O〉のハウスバンドなら、まちがいなくメンバーになれる」

「あの人、顔も見せなかった」

「ミスター・Oか? たしかに。ポークチョップも見かけなかった」

「ねえ、クライド、わたしのマネジャーになりたくない?」

「きみを扱《マネージ》うことができる人間はいないと思うな、ヨーヨー」

「あなたならできる。わたしを扱えるのはあなたしかいないと思う」

「おれの部屋で話し合ったほうがよさそうだ」

「行きましょう」

ヨーヨーの愛し方は歌と同じだった。全身全霊で没頭した。彼女のセックスはその歌声のように荒々しくてやさしく、それまで経験したどんなものともちがっていた。ふたりは互いの腕のなかで眠った。ヴァイパーはヨーヨーの静かにすすり泣く声で目を覚ました。

「ヨーヨー、どうした？」

「なんでもない。もう行かないと」

「初めてだったのか？」

ヨーヨーはしばらくためらってから答えた。「いいえ」

「ピーウィと？」

「ちがう。言ったでしょ、ピーウィにはキスだって許さなかったって」

「そうか」

「行かなきゃ」

「ペントハウスまで送るよ」

朝五時。ふたりはヴァイパーの黒いキャデラックでダウンタウンに向かった。車内でヨーヨーはほとんど何もしゃべらなかったが、ようやく口を開いた。

「メイドは今日が最後。この一日が終わったら、荷造りしてミスター・Oのペントハウスを出る。自分の部屋が見つかるまで、何日か泊まるところが必要なの」

「おれのところにいればいい、ヨーヨー。噂になるかもしれないが」

「なってもかまわないわ。それに、あまり噂にもならないでしょう。ハーレムじゅうのみんながあなたのことを怖がってるから」

「きみは？」

「まさか、クライド。あなたがわたしを怖がるべきよ」

「そうなのか？」

「ええ」

「まあ、おれはそう簡単には怖がらない」

ヴァイパーはミスター・Oのマンションのまえで車を停めた。ヨーヨーは彼の唇にそっとキスをした。

「じゃあね、キラー」

*

それから数時間後の午前中に、ヴァイパーが地下の事務所に坐ってヨーヨーのことをぼんやり考えていると、電話が鳴った。てっきり彼女の声が聞こえると思っていた。

「はい」

「あの、クライド……？」

「はい？」

「マチルダです、ミスター・Oのメイド長の」

「マチルダ？　どうしたんです？」

「いますぐペントハウスに来て」

「用件を教えてもらうわけには？」

「いいえ、とにかく来て、お願いです。いますぐ」

ミスター・Oのマンションのドアマンは険しい顔でヴァイパーを迎えた。「おはようございます、ミスター・モートン」

エレベーター係もいつものことばを厳粛に一本調子で口にした。「おはようございます、サー。最上階まで一気にお連れします」

ペントハウスのドアを開けたマチルダは、それまで泣いていたような顔だった。

「こちらへ、クライド」

ミスター・Oのアパートメントは不気味に静まり返っていた。マチルダはヴァイパーを連れて大理石の廊下を歩いた。いつもの大きな木のテーブルがある部屋を通り抜けた――が、ジョイントを巻くメイドはひとりもいなかった。それからマチルダは本が並ぶ小さな書斎に入り、三つのうちのまだ入ったことのない部屋のドアを開けた。まずヴァイパーの目に入ったのは、広い部屋に置かれた天蓋つきのキングサイズベッドだった。次に、床に横たわる死体を見た。

ミスター・Oが仰向けで両腕を広げ、生気のない眼を大きく開いて天井に向けていた。シルクのバスローブのまえがはだけ、贅沢《ぜいたく》な衣類に隠れていた青白い貧弱な体があらわになっていた。胸には大きな深い切り傷が四つ開き、喉元のひとつの傷からまだ流れ出している血がペルシャ絨毯《じゅうたん》に垂れて染みこんでいた。

「ヒクッ、ヒクッ、ヒクッ」

声が聞こえ、ヴァイパーはヨランダに気づいた。窒息しかけているような声だった。ヨランダは部屋の隅に小さく体を丸めて坐りこんでいた。握りしめた拳には、短剣のように鋭いレターオープナーがある。刃から血が滴り、両手は血だらけだった。着ているメイドの制服にも血がつき、髪にも血の筋ができていた。眼は気がふれたように見開かれていた。彼女は動物――まるで野良猫のようだった。そして窒息しそうな音を立てていた。

「ヒクッ、ヒクッ、ヒクッ」

ヴァイパーは部屋に入り、ひっくり返った椅子、小さなアンティーク机、絨毯一面に散らばった紙とペン、手紙や封筒、名刺、手帳、さまざまな書類のあいだをゆっくりと歩いて、ヨーヨーのすぐそばまで近づいた。彼女は正気を失った眼でヴァイパーを見上げた。彼だとわかっているのかどうか、定かではなかった。

「ヨーヨー、レターオープナーを放すんだ」

レターオープナーが落ちた。ヴァイパーは屈んで、そっとヨーヨーを抱えて立ち上がらせた。彼女の全身が震えていた。きっとショック状態とは、これを言うのだろう。

「行こう」ヴァイパーはささやいた。「ゆっくり。彼は見ないように、ヨーヨー」

ヴァイパーは震えるヨーヨーを腕で抱えこみ、やってしまったことをもう一度見なくてすむように彼女の顔を手で隠してやりながら、注意深く部屋のなかを歩いた。

マチルダが寝室の出口で待っていて、「おいでなさい、わたしの天使」と言った。

三人は書斎に入った。「マチルダ、彼女の服を脱がせて」ヴァイパーは言った。「熱い風呂に入れて、寝かせてやってください」

「そうします、クライド」

大理石の廊下に出ると、制服を着た別のメイドがひとり、どこからともなく現れて、ヨーヨーを支えてすぐに連れ去った。

「いっしょに来てください、クライド」マチルダはそう言い、彼をともなってキッチンに入った。

事態の大きさにヴァイパーは気分が悪くなってきた。

「ありがとう、クライド」マチルダは言った。「あなたはまさに英雄だった。でも、もう少し手伝ってほしいの」

「いったい何があったんです、マチルダ？」

「ヨランダはこの二年間、ミスター・Oの昼間の恋人だった」

ヴァイパーは頭が燃え上がった気がした。頭全体が火の玉になっていた。

「なんだって！」

「報酬は充分もらっていた」

「あなたは自分の姪を娼婦にしていたのか？」

「そんな言われ方は心外だし、あなたみたいな人に裁かれる覚えもありません、ヴァイパー・クライド！」

　ヴァイパーは落ち着こうとした。頭の炎はおさまった。

「で、ほかに何を手伝えと？」

「ヨランダを助けて、クライド！」

「何があったのか、まだ聞いてません」

「わからないの！　あくまで想像だけど、たぶんあの子が今日で辞めるとミスター・Oに言って、彼がしつこくからんだんだと思う、わからないけど。とにかくあの子がミスター・Oを刺してしまったから、ほかの人まで刺さないように、みんなを遠ざけておいた。あなたが来てくれるまで」

「たしか今日の午後、ミスター・Oには予定が入っていたはずだ。床で手帳が開いていた。どこに行ったんだと不審に思われる」

「ヨランダを助けないといけないわ、クライド。死体を片づけましょう。さもないと、わたしたちの可愛いヨーヨーが電気椅子送りになる！」

「落ち着いてください！」

「お願い、わたしたちを助けて、クライド！」

ヴァイパーは白いタイル張りの広いキッチンを見まわした。それまで見たこともなかった大きさの冷蔵庫があった。最新型の〈フリジデア〉電気冷蔵庫だ。壁のフックには大きくて鋭利な肉切り包丁がぶら下がっていた。

「お願い、クライド！　どうかお願いします！」

「落ち着けって、マチルダ！　おれに考えがある」

＊

ヴァイパーはこれからやろうとしていることをマチルダにくわしく説明した。ミスター・Oの使用人やドアマンやエレベーター係にすべて話すかどうかは、彼女にまかせることにした。マンションから出てハーレムへ車を飛ばし、ポークチョップとピーウィを呼び出して、死んだボスのナイトクラブの屋上で緊急会議をした。

「おれはずっとミスター・Oが好きだった」ポークチョップが声を詰まらせた。「いつもおれを公平に扱って尊重してくれた」

「おれもさ」ピーウィも言った。「けどもう、あの頭のいかれたビッチに殺されちまった」

「彼はヨランダをレイプしようとしたんだ」ヴァイパーは言った。

「へえ、そうか？」ピーウィの口調が刺々しくなった。「それであのアマはいくらもらってた？」

「それはともかく」とポークチョップ。「死体をなんとかしないと」

「なんでだよ。なんでおれたちがヨランダを助ける？　電気椅子にケツを焼かれりゃいい！」

「わからないのか、ピーウィ？」ヴァイパーが言った。「警察《サツ》がミスター・Ｏの死体をペントハウスで見つけたら、まわりは黒人だらけだぞ。おれたち全員が調べられる」

「ミスター・Ｏは消える必要がある」ポークチョップが引き継いだ。「そうすれば、サツは何が起きたんだろうと思う。そして、おそらくミスター・Ｏがダウンタウンでイタ公のマフィアと取引したことと関係があると考える」

「少なくとも、まっすぐおれたちを追ってくることはない」ヴァイパーは言った。

「おまえら、ただヨランダを守りたいだけのように聞こえるぞ」

「クライドに名案がある」ポークチョップが言った。「さっさとかからないと。おまえも手を貸すか？　それとも、いますぐその小さいケツをここから放り出そうか？」

誰も口を利かなかった。三人の友人たちは六階下を行き交う車の音を聞いていた。

鳩が鳴いた。カモメが金切り声をあげた。ポークチョップが本気かどうか、ピーウィは計りかねているようだった。ヴァイパーには本気だとわかった。

ついにピーウィが言った。「やるしかなさそうだな」

少しあとで、三人はミスター・Oのマンションに灰色のピックアップトラックをつけた。灰色のつなぎを着て、〈隻眼《せきがん》ウィリーの廃品処理場〉のロゴ入りワッペンのついた野球帽をかぶり、偽装のまねごとをしていた。横幅が広く、高さも一八〇センチ以上ある空《から》の車輪つき木箱を押しながら、ロビーに入った。ドアマンは、初めて見る顔だという態度で彼らに接した。

「みなさん、なんの御用です？」

「ミスター・オーリンスキーの〈フリジデア〉がぶっ壊れたっていうんで」ポークチョップが答えた。「引き取りに来たんです」

「そいつを運ぶのはよくよく注意してくださいよ、兄さんがた」エレベーター係は言ったが、演技過剰気味だった。「壁を傷つけないように」

「ああ、あなたたち、よく来てくれたわ！」マチルダがペントハウスのドアを大きく開けた。「入ってちょうだい」

三人は木箱をキッチンに置き、マチルダのあとについて寝室に入った。ミスター・Oの遺体を見たらポークチョップは涙を流すかもしれないとヴァイパーは思ったが、ポークチョップはすこぶる事務的だった。この手のことを過去にも経験しているのかもしれなかった。

「作業用の手袋をしろ」彼はヴァイパーとピーウィに指示した。「そしたらみんなで遺体をバスルームに運ぶぞ」

肉切り包丁やほかの道具はマチルダがすでに準備していた。その横の空《から》のバスタブのなかに、ミスター・Oの体がおろされた。ヴァイパーはバスルームから出て、ポークチョップが仕事にかかった。叩いて切り刻み、内臓を取り出して血を抜く作業だった。オスカー・ブラッドリーのあだ名の由来を知る者はほとんどいないが、ポークチョップはアーカンソー州の養豚場で育ったのだ。肉の処理は心得ている。

ポークチョップが作業をしているあいだ、ヴァイパーはピーウィとマチルダとメイドたちに清掃を命じた。血まみれの絨毯を切り分け、そこらじゅうに散った紙類を無数の破片になるまでちぎって、ミスター・Oのシルクのバスローブとヨーヨーの制服といっしょに麻袋に放りこんだ。汚れていないペルシャ絨毯を新たに敷き、椅子とアンティーク机をもとに戻し、家具についたあらゆる血痕をこすり落とし、凶器になったレターオープナーを洗って磨いた。

「やり残したことは？」マチルダが訊いた。

「ないと思う」ヴァイパーは答えた。ピーウィがポークチョップの様子を見にバスルームに行った隙に、ヴァイパーはマチルダに尋ねた。「ヨランダはどうです？」

「ぐっすり眠ってる。薬をのませたから。明日の朝八時発のニューオーリンズ行きの列車を予約したの」

「そうですか。彼女によろしく伝えてください」

「あの子を救ってくれてありがとう、クライド。心から感謝します」

メイドたちは〈フリジデア〉の中身を全部出してプラグを抜いた。ヴァイパー、ポークチョップ、ピーウィはバラバラにしたミスター・Oでふたたび冷蔵庫を埋め、木箱に収めてロビーから運び出した。

「ご苦労さん！」ドアマンの声にはどっと押し寄せた安堵《あんど》が感じられた。

三人は車でハーレムのとりわけ荒れ果てた片隅にある〈隻眼ウィリーの廃品処理場〉に到着した。

「いらっしゃい」年老いた処理業者はまともなほうの眼を細めた。もう一方の眼球は乳白色の袋に入ったビー玉のようにくるりと動いた。

有刺鉄線フェンスの背後に、錆びた車やベッドフレームなど、あらゆる鉄屑《てつくず》が集まった小さな村ができていた。三人は木箱を荒れ地の中央まで運び、〈フリジデア〉を外に出した。

「すまないね、ウィリー」ヴァイパーが言った。

「夜まで待てば」ウィリーが言った。「犬どもが出てくる」

ヴァイパー、ポークチョップ、ピーウィはゴミの缶に火をつけ、ミスター・Oのバスローブ、ヨランダの制服、血まみれの寝室の絨毯や紙の切片を燃やした。日が暮れると、隻眼ウィリーが〈フリジデア〉の扉を開けて肉を放った。彼らは、処理場に棲みついた犬の群れがそれを貪《むさぼ》り食い、骨までかじるところをフェンス越しに眺めていた。

「よし、みんな」ポークチョップが言った。「帰って寝ろ」

*

ヴァイパーはまったく眠れなかった。ベッドに寝ころび、ヨランダのことを考えていた。そしてミスター・Oのことを。ミスター・Oはヨランダに手を出していた。そのくらいのことは察しておくべきだったが、眼のまえの明白な事実を見たくなかったのだ。しかし、どうしてヨランダはあんなふうにレターオープナーでミスター・Oを襲ったのだろう。彼女はこれからニューオーリンズに逃げ帰ろうとしている。〈アポロ・シアター〉であれほど大成功を収めたのに。ふたりであれほど情熱的な夜をすごしたのに。かぎりない未来が開けていたのに。すべて消えてしまった。最後にもう一度だけ彼女に会わなければならない。ヨランダの列車は八時に出発するとマチルダは言っていた。ヴァイパーは駅に行こうと決心した。七時になると、着替えて部屋を出た。

「よう、ヴァイパー」レッド・カーニー刑事がふたりの制服警官とともに建物の外で待っていた。「ミスター・Oはどこだ？」

「この時間に？　家で寝てると思いますが」

「何を隠そう、昨日から行方不明なんだよ」

「まさか」

「ヴァイパー、おまえを逮捕する。エイブラハム・オーリンスキー殺害容疑で」

一時間後、ヨーヨーの列車が駅を発《た》とうとしているころ、ヴァイパーは警察署の小さく殺風景なカーニーの事務室で、金属製の椅子に鎖でつながれていた。若い刑事はショックと怒りであだ名どおりに顔を真っ赤にして、落ち着きなく往《い》ったり来たりしていた。

「レッド」ヴァイパーが口を開いた。「見当ちがいだ」

「見くびるんじゃない、ニガー！」レッドは唾を飛ばしてわめいた。「何があったか知らんが、おまえとピーウィとポークチョップがたいへんな状況なのはわかってる。あいつらも拘束中だ」

「おれたちの何をつかんだ？」

ヴァイパーの落ち着いた口調でレッド・カーニーも落ち着いたらしく、歩きまわるのをやめた。ひと呼吸おき、血がのぼった頭のなかで計画が形になってきたかのように、冷静に話しはじめた。

「正直、何もない。おまえら三人の黒人がミスター・O殺しの共同正犯として疑われているという事実を除いて。だから、ミスター・Oを殺したのが誰であろうと、おまえらに罪を着せることができる。単純明快な事件だ。とはいえ、ミスター・Oが突然消えたことを喜ぶ連中は大勢いるし、彼を首尾よく消した可能性のある人物も大勢いる。つまり、おまえとピーウィとポークチョップに残された道はひとつだ。三人のクソったれ黒人が、リトル・イタリーの大物マフィアの代わりに捕まるのを避ける方法はひとつしかない」

「それは？」

「国のために尽くすんだな」

「入隊しろと？」

「さもなくば裁判だ。殺人容疑で。三人とも」

かくしてポークチョップ・ブラッドリーは、第二次世界大戦の残りのあいだ、テキサスの陸軍兵舎の清掃人として働くことになった。ヴァイパーとピーウィは海軍の別々の太平洋艦隊で厨房や運搬の業務についた。

「おれも入隊しようと思ってる、ヴァイパー」レッド・カーニーは言った。「ミスター・Oが本当に殺されたのなら、ニューヨークにはひどい嵐が起きるだろう。一刻も早くここを離れないと」

＊

一九六一年十一月、ヴァイパーが三度目の殺人を犯した夜、ニカの〈キャットハウス〉のソファという観測地点から人生を振り返ってみると、最初の殺人はまだ心のなかでくすぶっていた。彼はウェスト・インディアン・チャーリーの喉をかき切ったことは後悔していなかった。あれは正しいビジネスの決断だったが、息の根が止まる直前のチャーリーにヴードゥーの呪いをかけられたのではないかという疑念がしつこく消えなかった。

ヴァイパーのギャングとしての噂で興味深いのは、実際に手にかけたより多くの人間を殺していると人々に信じられていることだった。この日に至るまで、ヴァイパー・モートンがエイブラハム・オーリンスキーを殺したと大勢の人が思っていた。ミスター・Oの死から二十年がたち、ヨランダを救ったときのことを思い出しながら、ヴァイパーはメモ帳を取り上げて、ふたつ目の願いを書いた。
彼女がおれを愛してくれたらよかった。

6

ヴァイパーの心はいつもハーレムにあった。一日じゅうハーレムのことを考え、毎晩夢に見た。〝パシフィック・シアター〟などと、まるで娯楽のようないびつな呼び名がついた太平洋戦争の四年間、ヴァイパー・モートンの心は、目覚めていても浅い眠りのなかでも決してハーレムから離れなかった。

ヴァイパーやほかの黒人船員たちは、正式には〝給仕兵曹《スチュワード・メイト》〟と呼ばれていた。昔の〝食堂係〟のしゃれた新しい呼び名だ。ほとんどの有色船員に適任とされたのは、この任務だけだった。ヴァイパーは四年間、ひたすら給仕として注文を取り、皿や鍋やフライパンを洗い、また注文を取り、厨房の床にモップをかけ、白い給仕服を着て、士官——こちらを〝ボーイ〟としか呼ばない白人士官——の食堂のテーブルで待機し、ひたすら注文を取ってすごした。

頭のなかでは、大きな黒いキャデラックに乗ってレノックス・アベニューを走っていた。片手でゆったりとハンドルを握り、窓を全開にした運転席のドアに置いたもう片方の手首には、〈ブラウンスタイン〉デパートで買ったダイヤモンドの馬蹄形カフスが、太陽の光を反射して輝いている。〈レッド・ルースター〉のスペアリブとコーンブレッドの記憶は、この四年間に食べた海軍の残飯よりリアルだった。戦艦のトイレをゴシゴシこすりながら、現実が現実と感じられない奇妙な感覚に襲われた。心のなかでは、〈ジェントルマン・ジャック理髪店〉の地下で、みずから率いる売人の小隊に十二本入りジョイントの箱を渡しながら、山積みの金を数えていた。

四年間、戦闘を見たことはなかった。ただ、ほかの黒人スチュワード・メイトたちと重機やら砲弾やらを戦艦の奥に運ばされているときに、艦上の大砲が放つ爆発音や、戦闘機が空を飛び交う高い音、錐《きり》もみで落下する笛のような音、そのあと海へ落ちる雷鳴のような轟音《ごうおん》などを聞くことはあった。

どういうわけか、ヴァイパーにとってそれらは現実の出来事に思えなかった。それより鮮明で、ほとんど触れられそうにも感じたのは、ヨランダの幻影だった。ヨーヨーは腕を大きく広げ、〈アポロ・シアター〉のステージで拍手に浸っていた。〈サヴォイ・ボールルーム〉で彼とシャンパンのグラスを合わせる姿は、まばゆいばかりに美しかった。ふたりはベッドの上で裸の体を荒々しく、やさしくからませ合った。息苦しい艦の壁の向こうから聞こえてくる戦闘の音よりはるかに恐ろしかったのは、血まみれの短剣のような武器を手に持ち、メイドの制服を血だらけにして、髪にも血をつけたままミスター・Oの寝室でうずくまり、気がふれた野良猫のような眼をしたヨランダの姿だった。

いまどこにいる？　ニューオーリンズか？

どうしてる？　歌ってるか？

おれのことを考えてるか？　美しくも危険なヨーヨーにまた会うことはあるのだろうか。

海に浮かぶ巨大なイワシ缶に四年間も閉じこめられ、ヴァイパーはいつかこの戦争が終わるなどとは考えないことにした。しかし突然、その日は来た。

ドーン！　ヒロシマでの意趣返し。新たに就任したハリー・トルーマン大統領が原爆を投下したと最初に聞いたとき、ヴァイパーは〝なんてこった、ギャングの手口じゃないか〟と思った。その数日後、トルーマンは続けてナガサキにも原爆を落とした。真珠湾攻撃に対する報復としても、やりすぎだった。筋金入りのギャングだ。しかし、結果に文句は言えなかった。ふたつのキノコ雲が日本の上空に広がって三カ月後、クライド・〝ヴァイパー〟・モートンはハーレムへと帰還した。

＊

一九四五年十一月下旬。ヴァイパーは、レノックス・アベニューのブラウンストーンのまえでおろしてくれとタクシー運転手に告げた。馬鹿げた海軍服姿でダッフルバッグを肩にかけ、この四年間で何かが変わったとは思いもせずに、自分のアパートメントまで階段を駆け上がった。鍵穴に鍵を差しこもうとしたが、合わない。嘘だろ。呼び鈴を鳴らす。応答なし。ドアを叩く。静寂。階段をおり、歩道に立って途方に暮れた。そのとき気づいた。

ここはもう自分のハーレムではない。人々はせわしなく通りを歩き、大通りには絶えず車が流れているが、何かが変わっていた。何もかも昔より静かで、落ち着いている。通りに知り合いの顔はなかった。ヴァイパーを憶えている人もいないようだった。透明人間にでもなったような気分だった。かつてハーレムの住人たちは愛をこめて、やがて恐怖の眼で、ヴァイパーを見たが、いま人々は彼を見さえしなかった。ヴァイパーは幽霊になってしまったのだ。

ヴァイパーは近所をうろついた。街角の活動者たちは相変わらず脚立や樽のうえに立ち、説教師は〝審判の日〟を警告し、若い共産主義者は労働者の理想郷を描き、黒人分離主義者はアフリカの楽園に帰れとうながしていたが、みな往時の激しさには欠ける気がした。目的もなくふらふらと歩きまわるうち、ある光景に出くわして凍りついた。その一画は戦火に焼かれたヨーロッパの写真のようだった。爆撃に焼き尽くされた建物の残骸がある。通りのまんなかにぬっと現れたのは、破壊され、黒く焦げたデパートの古いネオンサインだった——〈ブラウンスタイン〉。ヴァイパーは、かつてショーウィンドウが輝いていたところにぽっかりあいた穴をのぞきこんだ。瓦礫《がれき》の向こうに砕け散った宝石カウンターの一部が見えた。

重い足取りで七番街を歩き、ジェントルマン・ジャックの店に向かった。彼が入ると、ドアの上のベルがチリンチリンと鳴った。理髪店は葬儀場のように静かで、客はひとりもいなかった。理髪師がふたり、持ち場の椅子に坐って新聞を読んでいた。ほかにもふたりの理髪師が部屋の隅でチェッカーをしている。ジェントルマン・ジャックは玉座のような自分の理容椅子で居眠りをしていた。四年分よりもっと老けこんだように見える。ヴァイパーはその耳元でささやいた。

「やあ、ジャック……」

年老いた理髪師はびっくりして目を覚ました。「ヴァイパー・クライド、おまえなのか？」

「どうしてた、ジャック？」

「その海軍帽を取れよ。頭を見せてくれ……ああ、やっぱり、きれいにしてやらないと。坐りな、ほら」

焼けるような薬品が頭皮に触れて、ヴァイパーは思わず顔をしかめた。

「いったいどうなってる、ジャック？　何もかも……なんだか悲しいな」

「そうなんだ、ヴァイパー、二年前に暴動が起きてからこんな有様さ。白人警官が黒人兵士を銃で撃って、とんでもない騒ぎになった。放火に略奪。六人が死んだ。ひどい悪夢だった。まだ片づけがすんでないところもある」

「ああ、たったいま〈ブラウンスタイン〉のまえを通ってきた」

「チッ、チッ」ジェントルマン・ジャックは舌打ちし、険しい顔で首を振った。「あの店はでかい標的だった。アーサー・ジュニアはあの晩、すべてを失ったんだ。数週間後に、自分で頭を撃ち抜いちまった」

「ひどい」

「そうだな、ヴァイパー、おまえの言うとおりだ、悲しいよ。ハーレムはもう二度ともとには戻らない。人気のナイトクラブももうほとんど残ってないさ。ジャズ界は五十二丁目通りに移っちまった」

「なんだって？　ミッドタウンに？」

「白人たちは怖がってもうハーレムには近づかない。人気のクラブは五十二丁目通りの一角に集まってる。〈スリー・デューシズ〉、〈カルーセル〉、〈オニキス〉。けどな、音楽は変わったよ、ヴァイパー」

「変わったって、どういう意味だ？」

「ビバップだかリバップだかゼバップだかいう、新しいスタイルさ。頭のおかしいやつらの音楽だ。やたらめったら速いばかりでスウィングしない。あれじゃダンスはできないさ。ベートーヴェンか何かみたいに坐って聴くものらしいが、でたらめな音が連なってるようにしか聞こえない。ありゃただの騒音だ」

「からかってるのか？」

「とんでもない、ヴァイパー。若いもんはみんなあれをめざしてる。チャーリー・パーカーって聞いたことあるか？」

「いや」

「カンザスシティから来たサックス吹きだ。バードってあだ名で呼ばれてる。ディジー・ガレスピーってトランペッターは？」

「知らない」

「セロニアス・モンクは？」

「なんだ？　それは人の名前か？」

「ピアニストだよ。そいつらが若手さ。ビバップだかなんだかの。でもって全員ジャンキーときてる」

「ほんとに？」

「ヘロインが出まわってるんだ、ヴァイパー。情けないこった」

「リーファーは？」

「もちろんある。だが、昔みたいなビジネスじゃなくなった。この店からはもう出してない。おまえさんたちがみんな消えちまってからな」

「消えたって、どういうことだ？」

「どういうことか？ ある日、真珠湾攻撃が起きて、その二日後にミスター・Oが跡形もなく消えた。翌日、おまえとポークチョップとピーウィが全員いなくなった。で、レッド・カーニーがやってきて、ここにあったゲージをすっかり押収していった。その後、レッドの姿も見かけなくなった。入隊したとか聞いたが」

「いまこの店は誰の所有だ？」

「ミスター・Oの代理人の法律事務所が財産をすべて引き継いだ。けど、ナイトクラブは閉鎖だ。もう四年も板が打ちつけられたままさ」

「ピーウィのことは何か聞いてる？」

「何も。ポークチョップは街に戻ってるけどな。ダウンタウンのレコーディングスタジオで働いてるようだ」

「ほんとに？ 演奏者《セッション・マン》として？」

「いや、掃除夫だとよ」

「そうか」ヴァイパーは口を閉じ、深く息を吸った。「なあ、ジャック、仕事をくれないかな……おれに」

「うーん、ヴァイパー、ビジネスマネジャーは必要ないんだ。さっきも言ったが、もうゲージの商売はしてないから」

「そうじゃない、ジャック、理髪師として雇ってほしいんだ」

「本気か？　ヴァイパー、おまえが？」

「仕事が必要なんだ、ジャック。まっとうな仕事が」

「そうか、いいだろう。だったら昔のビッグ・アルの持ち場をおまえにやるよ」

ヴァイパーが振り向くと、空《から》の理容椅子と片づけられたカウンターがあった。ビッグ・アルの持ち場――五年前、ヴァイパー自身の手でウェスト・インディアン・チャーリーの喉を切り裂いた場所だった。

「明日からでも始められるぞ」ジェントルマン・ジャックは言った。

＊

ヴァイパーは安宿にチェックインした。一九三六年、アラバマ州ミーチャムから田舎者として出てきて、初めてハーレムの地を踏んだときと同じ宿だった。ダッフルバッグの中身をすべて出し、着納めになった海軍服を脱いで、私服に着替えた。

翌日、理髪店で初日の仕事を終えると、ヴァイパーはポークチョップに会いに〈WORスタジオ〉に行った。モップとバケツを持って長い廊下を歩く、ニューヨークでいちばん古い友人の姿を見つけた。ポークチョップはヴァイパーに気づかなかった。相変わらず丸々として熊のようだった。浅くかぶったフェドーラも変わらない。ポークチョップはロッカーのまえで立ち止まり、モップとバケツをしまって初めて、すぐそこに立っているヴァイパーに気づいた。ふたりは抱擁はしなかった。握手も。

「元気か？　クライド」

「ああ、ポークチョップ。戦争はどうだった？」

「テキサスの兵舎でトイレ掃除をしてたよ。おまえとピーウィは太平洋に行ったたって聞いたが」

「ああ、小男から連絡は？」

「まだ何も」

「ヨランダは？」

「おれの知ってるかぎり、ニューオーリンズに帰って修道院に入ったたって話だ」

「はあ？　ヨーヨーが修道女に？」

「罪悪感からだろ。おれだっていまもミスター・Oのことを思い出す。犬どもの鳴き声を」

「感傷的になりすぎだ、ポークチョップ」なぜかわからないが、ヴァイパーはタフな態度をとらなければと感じた。

「おまえは思い出さないか？」ポークチョップは言った。「ヨランダを守るためにおれたちがしたことを」

「あまり」ヴァイパーは平然と嘘をついた。「飲みに行こう」

「いや、これからセッションを聴きに行くんだ。最近の音楽を聴いたほうがいいぜ、ヴァイパー。いっしょに来いよ」

ポークチョップはヴァイパーをレコーディングスタジオに連れていき、太った汗まみれの白人に紹介した。「彼はクライド・モートン、こちらはプロデューサーのテディ・レッチ」

「初めまして」レッチが言った。

録音ブースの大きなガラスの向こうに、楽器をいじっているミュージシャンたちがいた。

「オーケイ、みんな」レッチはマイクから呼びかけた。「準備ができたらいつでもいいぞ」

バンドはヴァイパーの知らない曲を演奏しはじめた。たちまちヴァイパーは驚いた。仰天した。こんなスタイルの演奏は聞いたことがなかった。技巧的で速くてモダン。

そのレコーディングスタジオで、ヴァイパーはすぐにすべてをはっきり感じ取った。一九四五年。新しい時代はすでに生まれていた。これがその音楽なのだ。

「サックスのでかいやつが」ポークチョップがささやいた。「チャーリー・パーカーだ」

「バードって呼ばれてる?」ヴァイパーが訊いた。

「そう。ベレー帽はディジー・ガレスピー。ふだんはトランペットを吹いてるが、今日はバド・パウエルってピアニストが来なかったんで、ピアノだ」

「トランペットの細いやつは?」

「マイルス・デイヴィス。イースト・セントルイスから来た金持ち黒人だ。親父は歯科医だとよ。ベースのやつはカーリー・ラッセルで、ドラムスはマックス・ローチ」

「ビバッパーはみんなヘロインをやってるって話だな」

「まあ、みんなかどうかはわからない。バードは深刻なジャンキーだ。すこぶるつきの。そんでもって、図らずも天才だから、若いやつら《キャッツ》はこぞってあいつのまねをするんだ。バードみたいに演奏するにはバードみたいに打たないと、ってわけさ。深刻だ、ヴァイパー。けど音楽はどうよ。ワオだろ」

ヴァイパーはぼうっとして、頭がクラクラしたままスタジオをあとにした。夜はほとんど眠れなかった。

翌日の午後には、ビッグ・アルの昔の理容椅子でその日最初の客を待ちながら、人生が自分のまえを通りすぎたような気分になった。ハーレムは変わった。ジャズそのものも変わった。自分はまだ二十八歳なのに、突如、時代から取り残されたように感じた。この先……。

ドアのベルが鳴り、聞き憶えのある甲高い声が響いた。「起きろ、怠け者のマザーファッカーども！」

ピーウィだった。小男は丈の長すぎる上着とぶかぶかのズボンのズートスーツを着こなし、ズボンのポケットから長い鎖のついた時計をぶらぶらさせ、理髪店の床を気取って歩いてきた。頭には柔らかくてつばの広い帽子がのっていた。

「ヴァイパー・クライド・モートン」ピーウィは甲高い声で言った。「誰がおまえに理髪師になれと言った？　昨日はおまえにひどい髪型にされたってやつに三人も会ったぞ。恥ずかしくて外に出られなかったって。あいつらのコンク、そりゃあひどいもんだった」

「久しぶり、ピーウィ。帰ってきてどのくらいだ？」

「もう一カ月ほどだ。けど、ハーレムのおまえらニッガたちとつき合ってはいないぜ。いま世の中は五十二丁目通りだ。おれは白人娘とグリニッチ・ヴィレッジに住んでる」

「きまってるな、兄弟」

「おまえもな、と言いたいところだが、ヴァイパー。その仕事着を脱いじまえ。いっしょに来いよ。こいつを連れ出してもかまわないだろ、ジェントルマン・ジャック？」

「かまわないも何も」ジャックは言った。「悪いが、ヴァイパー、理髪師としておまえはビッグ・アルの代わりにはなれん」

「早くしろ、ニッガ」ピーウィは言った。「おれたちを待ってるやつらがいる」

「待ってる？　どこで？」

「リーファーのビジネスを再開するのさ」

*

ふたりはハーレムの通りを歩いていった。ヴァイパーはピーウィが自分をどこに連れていこうとしているのかさっぱりわからなかったが、再会できたのはうれしかった。

「ヨランダから何か連絡は？」ピーウィが訊いた。

「ポークチョップが言うには、修道院に入ったそうだ」ヴァイパーは答えた。

「ああ、おれもそう言われた。信じるのか？」

「ポークチョップはあんたから連絡がないとも言ってたが」

「今朝まではな。もうあいつも来てるぜ」

着いたのはミスター・Oのナイトクラブだった。正面の入口にはシャッターがおりていた。店のまえに三人の男が立っていた。ポークチョップ・ブラッドリー、レッド・カーニー刑事、そしてもうひとり、地味なスーツを着て分厚い眼鏡をかけた、痩《や》せて顔色の悪い若い白人男。

「おお、なんと、ヴァイパー・クライド」

「どうも、カーニー刑事。戦争はどうでした?」

「まあまあかな。ドイツ人をばんばん殺したよ。〈シュナイダー・ミラー&ブルーム〉法律事務所のダン・ミラーを紹介する」

「ミスター・Oの法律事務所だな」ヴァイパーは言い、弁護士と握手をした。

「ええ、父のマイロン・ミラーはエイブラハム・オーリンスキーの側近でした。私は戦争から帰ってきて事務所に入ったばかりですが、父から氏に関する膨大な書類を預かっています」

「ミスター・Oは遺言を残してたんだ、クライド」ポークチョップが言った。

「そう」カーニーが言った「おまえさんとポークチョップの名はなかったが」

「ナイトクラブはミスター・ピーター・ウッドロー・ロビンソンに遺贈されました」

痩せた若い弁護士は、ピーウィにナイトクラブの鍵を手渡した。

「ありがとう、ミラー」ピーウィは言った。「ここでみんなに言っておきたいんだが、クラブを再開したら、店の名前を〈ミスター・O〉から〈ピーウィ〉に変えるつもりだ」

誇らしげな新オーナーはシャッターを開錠して巻き上げた。

「どこかビジネスの話ができるところは？」ダン・ミラーが尋ねた。

「諸君、階上《うえ》に来てくれ」ピーウィは言った。

屋上まで上がったヴァイパーは鳥肌が立った。ハーレムの広い空。鳩の鳴き声と、眼下の車の流れ。十年ほどまえ、まさにここで運命と出会い、ポークチョップ・ブラッドリーにマリー・ワーナーを紹介されたのだった。

「さて、みなさん」ダン・ミラーが口火を切った。「マリファナ市場はどう見ても拡大しつづけている。ハーレムでミスター・Oが独占していたメキシカン・ロコウィードのビジネスは、数多くの売人に分散された。しかし、われわれが注目するのはメキシコ産ではありません。新たな事業計画では、カリフォルニア産が供給されます。わが事務所はサンフランシスコに近い大規模なマリファナ農園と取引があるので」

「ワイン王国ソノマ・ヴァレーの広大なブドウ畑に隠れてるってわけさ」レッド・カーニーが説明した。

「それがまた、すごい上物なんだ」ピーウィはジョイントを取り出し、火をつけて深く吸いこんでから、弁護士に差し出した。「ミラー？」

「いいえ、けっこう。私はやらないので」

「おれはやるぞ。勤務時間まであと二時間ある」血色のよい警官はジョイントを貪るように吸った。

「新しいナイトクラブをオープンしたら」ダン・ミラーは言った。「そこを事業の拠点とします。ゲージはトラックで運ばれてくる。箱詰めのジョイントが、ごくふつうのレストラン必需品という体裁で。ミスター・ブラッドリー、あなたにはハウスバンドリーダーとして復帰してもらえればと」

「喜んで」ポークチョップが言った。「おれにもそのジョイントを試させてくれないか、刑事？」

「忘れちゃいないさ、ポークチョップ」カーニーは咳《せ》きこみながらマリファナ煙草を渡した。

「そして、あなたにはクラブのビジネスマネジャーをお願いしたい、ミスター・モートン」ミラーが言った。

「つまりおれがおまえのボスになるわけだ」とピーウィ。

「実際には」ミラーは続けた。「あなたの給料は〈シュナイダー・ミラー&ブルーム〉から支払われます。戦前に理髪店の裏で効率よくやっていたように、売人のネットワークを管理していただきたい。ジョイントの販売価格は倍の一本一ドル、一ダースで十ドルにします」

「おお」ポークチョップが言った。「こいつはかなり強力だ。返事は試してからにしな、ヴァイパー」

「まずは品物を知らないと」ヴァイパーはジョイントを唇に運んだ。

スーッ……。

「警察からの援護はおれがやる」カーニーが言った。「昔と同じように」

ヴァイパーは大きく吸ったところで動きを止め、昂揚感が訪れるのを待った。

「極上品だ」ヴァイパーは言った。「だが、若いミュージシャンたちはみんなヘロインを好むらしい」

「それに関与するつもりはいっさいありません」ダン・ミラーは言った。「ビジネスはマリファナだけにする」

「それはよかった。ジャンクを売るのはお断りなんで」

「ミスター・Oは父に、ヘロインに対する考えを伝えていました。われわれがそれを扱うことはありません。約束します」

「わかった」

「そうだ、それから」若い弁護士は言い添えた。「うちの事務所は、以前あなたが住んでいたレノックス・アベニューの建物の所有者とも取引があります。かつてあなたが住んでいた部屋をお返ししますよ、ミスター・モートン」

「ありがとう、ミラー」ヴァイパーは胸が熱くなった。「感謝する」

五人の男は代わる代わる全員と握手を交わした。

「〈ピーウィ〉はハーレム一のクラブになるぜ」ピーウィは言った。「さしあたって、このあたりで行く価値のあるクラブはひとつだけ、〈ミントン・プレイハウス〉だ。ビバッパーがみんな集まって、そこで時間外ジャムセッションをする。今夜連れてってやるよ、ヴァイパー」

＊

ピーウィとヴァイパーは午前二時に、百十八丁目通りの〈セシル・ホテル〉の地下にある〈ミントン・プレイハウス〉に入った。なかは混雑し、活気に満ちて騒がしかった。ヴァイパーがそれまで聞いたこともなかったピアノのサウンドが聞こえてきた。耳障りで、複雑で、熱狂的で、文句なしにモダンだった。

「あのピアノがセロニアス・モンクだ」ピーウィは言った。

「ちくしょう」ヴァイパーは言った。「ビバッパーどもはやるな。あいつのピアノはバードのサックスに似てる。彼もジャンキーなのか？」

「それは聞いたことがない。モンクは熱心なマリファナ使用者《ヴァイパー》だが、ヘロインには興味がないようだ。ただ根っからのイカれたマザーファッカーさ」

　小さいテーブルが空いた。ふたりは席について飲み物を注文した。しゃれた身なりの男が手を振りながら、人混みをかき分けてふたりのテーブルに近づいてきた。生姜《ジンジャー》色の肌をしたとびきりのハンサムで、身のこなしが優雅だった。特別なオーラが漂っている。ひと目でスターだとわかった。

「あれはプリティ・ポール・バクスター」ピーウィがヴァイパーに言った。「すごい歌手だぜ。女どもはみんなあいつのファンだ。〝セピア色のシナトラ〟だとさ。けど、彼はどこまでもビバッパーだ。おまけにひどいジャンク常用者でもある」

「ピーウィ!」プリティ・ポールは小男の手を握り、演壇の政治家めいたわざとらしい熱意で上下に振った。「会えてうれしいよ、兄弟! 出番は次だ。新しいバンドで歌う」

「そいつはいい」ピーウィは言った。「クライド・モートンを紹介するよ」

「クライド・モートン?」プリティ・ポールは言った。「ヴァイパー・モートン? あのヴァイパー?」

「知ってるのか?」ヴァイパーは言った。

「伝説《レジェンド》ですよ!」プリティ・ポールはヴァイパーの手を握ると、今度は本物の熱意をこめて激しく上下に動かした。「お会いできて光栄です、サー！」

「今度、新しいクラブをオープンするんだ」ピーウィが言った。「〈ピーウィ〉という」

「おめでとう、兄弟！　お祝いしないとね。みんなでバターカップのところに行こうか？」

「あのホモの？」

ヴァイパーは戦前から知っているバターカップ・ジョーンズを思い出した。〈コットンクラブ〉のダンサーで、白人客を狙って、彼らの妻がダンスホールで何も知らずにオーケストラの演奏を聴いているあいだに男子トイレで性サービスを提供していた男だ。

「バターカップはハーレムでいちばんの娼館を経営してる。戻ってきてどのくらいです、ヴァイパー？」

「三日」

「だったら、とんでもなく飢えてるよね」

「相手が女ならな」

「何か勘ちがいしてるんじゃ？」ポールは憤慨した。

「おっと」ピーウィが言った。「ヴァイパーはプリティ・ポールが同性愛者《フェアリー》だと思ってるみたいだ」

「バターカップのところはハーレムでも指折りですよ」ポールは言った。「それに全員女性だ。なんなら訊いてみるといい、ヴァイパー。プリティ・ポールが好きなのはプッシーだけって、みんな知ってるから」

「失礼した、ポール」ヴァイパーは言った。

「それにぼくは結婚してる。妻を家に置いといて料理や掃除をさせてるあいだに、こっちは自由に駆けまわって、ひとつでも多くのプッシーを手に入れる」

「それでは」司会者が告げた。「みなさん……」

「じゃあステージのあとで、ヴァイパー」ポールは言った。「いっしょに来るだろ、ピーウィ？」

司会者は話しつづけている。「……とくに女性のみなさん……お待ちかねのこのかた……」

「いや」ピーウィは言った。「金髪青い眼のサリーがヴィレッジでおれを待ってるから」

「プリティ・ポール・バクスター！」

ポールはテーブル席からさっと立つと、群衆をかき分けて軽やかにステージに上がった。彼はかなり洗練された歌手だった。本当になめらかで豊かなバリトンの声。おそらくいちばん得意なのはクルーナーだろうが、この夜はバップだった。指を弾いてリズムをとるリフ、わずかな乱れもないスキャットに聴衆は夢中になった。

朝の五時近くに、プリティ・ポールとヴァイパーは〈ミントン・プレイハウス〉を出て、バターカップ・ジョーンズが娼館を経営している百十二丁目通りのブラウンストーンへ向かった。

「ところで」ポールは言った。「ぼくはここ一年くらいでかなりの量のウィードを売ってるんですよ。もしあなたが本当にビジネスを再開するなら、あなたのもとで働きたい」

「うむ、ポール、売人としての才能が歌手ほどあるんなら、かまわないよ」

「ありがとう、ヴァイパー！　あなたは噂よりずっとクールだ」

プリティ・ポールが入口のブザーを押すと、バターカップ・ジョーンズ本人がドアを開けた。「あら、ヴァイパー・クライド、なんて珍しい素敵なお客さま！」

「やあ、バターカップ」

「それからいらっしゃい、プリティ・ポール！　すっかり常連になったわね」

バターカップは五十近い年齢のはずだが、引き締まったしなやかなダンサーの体を保っていて、ヴァイパーの記憶にあるよりさらに女性っぽくなっていた。東洋ふうの部屋着のようなものを着て、髪は凝った形のポンパドールに結い、口紅とマスカラをこってり塗っている。バターカップは〝サロン〟と呼ぶ場所へふたりを案内した。薄暗い部屋のあちこちに、サテンのスリップやシルクのガウンをまとった魅惑的な女たちがいた。

「レディたち、集まって」部屋に入りながらプリティ・ポールが呼びかけた。「この人はクライド・〝ヴァイパー〟・モートン。ハーレムのレジェンドだ。パシフィック・シアターから帰ってきたばかりでね。きみたちレディが、きちんと〝お帰りなさい〟をしてあげてくれ」

プリティ・ポールは嘘をついていなかった。彼女たちはハーレムで最高の女たちにちがいない。バターカップがシャンパンの入ったグラスとジョイントを持ってきた。

「どうぞ、ヴァイパー」娼館の主は言った。「このメキシカン・ロコウィードには見憶えがあるでしょう。ちなみに、今夜はすべてこちらのおごりよ」

「ありがとう、バターカップ」

ヴァイパーは、バターカップがゆっくりとポールに近づいて小さな四角いワックスペーパーの包みを渡すのを見た。

「なあ、バターカップ、知ってるだろ、ぼくは……」

「心配しないで、ポール、つけとくから」

「最高だ。ありがとう、ベイビー」

「こちらへどうぞ、クライド」ジェゼベルと名乗る美しい体の娼婦が、ヴァイパーの耳元で甘えた声を出した。「わたしがどれほど海軍の男が好きか教えてあげる」彼女は廊下の先にある寝室に彼を案内した。ふたりはあっという間に裸になり、ベッドの上で交わった。ヴァイパーはハイになって美女を抱き、ようやくハーレムに戻ってよかったと思った。

＊

「ヴァイパー、起きて」

ヴァイパーはゆっくり眼を開けた。ジェゼベルは裸で隣に横たわり、ぐっすり眠って軽くいびきをかいていた。「ん、なんだ？」ヴァイパーはつぶやいた。

「ヴァイパー、起きて」誰かがまた言った。

あたりを見まわすと、プリティ・ポールがきちんと服を着てベッドの枕元に立っていた。娼館の寝室の窓から日の光が射していた。

「ぼくの家に行こう。妻に朝食を作らせるから」

ハーレムの街路では早起きたちの一日が始まっていた。プリティ・ポール・バクスターとヴァイパー・モートンは、セント・ニコラス・アベニューを歩いた。ポケットに手を突っこみ、朝の冷気に背を丸め、少しハイで、少し二日酔いで、まちがいなく腹を空かせて。

「奥さんは本当に、知らない男がいきなり来て何か食べさせろと言っても大丈夫なのか?」

「まったく問題ないよ」ポールは言った。「夜どおし出かけて帰ってきたぼくに、いつも朝食を作ってくれる。言われたとおりなんでもする。ヴァイパー、あなたは結婚は?」

「いや、あんたの奥さんみたいに家にずっといて料理や掃除をする女性に会ったことがないんで」

「ああ、それは見つけなきゃ、ヴァイパー。ただし、誰がボスかは、つねにわからせるようにしないとね」

アパートメントに入ったとたん、ポールは廊下に怒鳴った。「おい、起きろ! お客さんだ。出てきて朝食を作れ」

くぐもった声が遠くで応えたが、ヴァイパーには、なんと言ったかよくわからなかった。

「なあ、ポール」彼は言った。「おれは帰ったほうがよさそうだ」

「いやいや、どうぞ」ポールはヴァイパーをキッチンに案内した。「さあ、坐って。コーヒーでも?」

「なあ、ポール、おれは……」

ポールはキッチンのドアの向こうに体を出すと、また廊下の先に「おい、早くしろ！」と怒鳴り、ヴァイパーのほうを向いた。「冷蔵庫のなかを見てみよう。ステーキと卵、それにコーングリッツはどうかな？　あのクソ女、何をもたもたしてるんだ」

「ポール、近所迷惑よ」格子柄のバスローブ姿のままのバクスター夫人がキッチンに入ってきた。

「ヨランダ！」ヴァイパーは息を呑んだ。

「クライド！」ヨランダが叫んだ。

プリティ・ポールは怪訝《けげん》そうな顔をした。「お互い知り合いなのか？」

「ああ」「ええ」ヴァイパーとヨランダは愕然として同時に答えた。

＊

ヴァイパーは坐っていてよかったと思った。ヨランダを、その蜂蜜色に輝く肌とエメラルドグリーンの眼を見て体がぐらつき、気を失いそうになった。ヨランダはまぎれもなく大人になり、少女っぽさが消えて女らしくなっていた。格子柄のバスローブを着ていても、まえよりずっときれいでセクシーだった。

「無事戻ったのね」ヨランダが言った。

「きみも」ヴァイパーも言った。

「何をぐずぐずしてる、ヨランダ」ポールが言った。「さっさと朝食を作れ」

「ええ、ポール」ヨランダはやさしく応じた。「何がいい？」

「ステーキと卵とコーングリッツだ。でもまずコーヒーを淹《い》れてくれ」

「ええ、ポール」ヨランダは準備にかかり、プリティ・ポールは客にウインクした。

「言ったでしょう、ヴァイパー。ボスが誰か、わからせないと」

　プリティ・ポールはしゃべりつづけていた。たぶんおもに歌手としての成功の話だったのだろうが、ヴァイパーは聞いていなかった。奇妙な夢を見ているような気分のまま、格子柄のバスローブを着たヨーヨーが朝食を作るのを眺めていた。やがて眼のまえに、料理が大盛りになった皿が二枚、置かれた。

「ふたりとも召し上がれ」

「ありがとう、ヨーヨー」ヴァイパーが言った。

「ヨーヨー？」ポールが言った。「そんな呼び方を？」

「昔のあだ名よ」ヨーヨーが答えた。

「ヨーヨーだと？」ポールは鼻で笑った。

「親愛をこめた呼び名だ、ポール」

「いまでも？」

「着替えてくるわ」ヨランダが言った。

「キットを持ってくるのが先だ」ポールは妻に命令した。「コーヒーテーブルに置いとけ」


ポールとヴァイパーは張りつめた沈黙のなかで食べた。食事が終わると、ポールは客を応接間に案内した。ヨランダは夫の指示どおり、注射器、スプーン、腕に巻くゴムバンド一式をコーヒーテーブルの上に並べていた。ポールは上着のポケットをまさぐり、娼館でバターカップ・ジョーンズに渡された小さなワックスペーパーの包みを取り出した。

「どうぞ坐って、ヴァイパー。あなたもどうです？」

「いや、おれはヘロインはやらない」

「なぜ？　リーファーと同じなのに」

「いや、ちがう、ポール。あんたもわかってるだろ」

「ならお好きに」

ヴァイパーは、プリティ・ポールが注射の準備をして慎重に静脈に針を刺すのを眺めた。ポールはソファにもたれ、満足そうなため息をついた。針を抜いたあと、長いあいだ何もしゃべらなかった。また口を開いたときには、声が眠そうになっていた。

「そう、ヨランダも打たない」ポールは言った。「あいつはリーファーもやらない。酒も飲まない。クラブにも行かない。ただずっと家にいてぼくの世話をしてる。いいやつでしょう?」

「ああ、本当にいい人だ、ポール」

「でもベッドでは、おお! ベッドのヨランダときたら。教えようか……」

プリティ・ポールの声が小さくなる。すぐにいびきをかきはじめた。ヨランダがすっかり着替えてドア口に現れた。

「彼、眠った?」

「ああ」

「ちょっと外を歩きましょう、クライド」

*

ヨランダはヴァイパーをリヴァーサイド・パークに連れていった。早朝の冷えこみはゆるみ、十一月下旬とは思えないほど穏やかな日だった。ベージュのカシミアのコートを着たヨランダは垢抜《あかぬ》けて見えた。公園では幼い黒人の少女たちがダブルダッチで遊んでいて、単調な歌を歌いながら巧みな動きで優雅に縄を跳び、おさげ髪を弾ませていた。

「会えてすごくうれしいわ、クライド」ヨランダは言った。「死んじゃったか、刑務所に入れられたんじゃないかって怖かったの」

「きみはニューオーリンズで修道院に入ったって聞いたけどな」

ふたりは小さく笑った。

「ええ、それは向こうにいたとき、マチルダおばさんが考え出した嘘。わたしを守ろうとしてね。警察であれギャングであれ、誰かがわたしを追いかけてきたとしても、修道院に入ったと言えば安全、修道女になる女がミスターＯの身に起きたことに関係してるなんて誰も信じないだろうって」

「実際には何があったんだ、ヨランダ？」

「ミスター・Ｏはわたしを手籠めにしてた。二年間も。嫌でしかたがなかったわ、クライド。ずっとずっと嫌だった。でもミスター・Ｏはわたしに執着した。そしてあの日、今日が最後だと告げたら、あの人、わめいて泣きだしたのよ。あなたと一夜をすごしたことも話した。そしたら本当に気がふれたみたいになって、わたしの首を絞めようとした。わたし、おまえは誰にも渡さないって。少なくともヴァイパーみたいな悪党には、とまで。わたし、首を絞められて殺されると思ったの、クライド。それであの、あれをつかみ取った」

「レターオープナーを」

「そう。命がけだったのよ、クライド。でも法律はそんなこと決して信じてくれない。わたしは電気椅子に送られてたでしょうね。あなたとピーウィとポークチョップがわたしを助けるために何をしてくれたか、知ってるわ。マチルダがすべて話してくれた。あなたにはどれだけ感謝してもしきれないくらいよ、クライド」

ヨランダのことばを聞いて、ヴァイパーは溶けそうになった。しかし、それを見せるわけにはいかない。真実が知りたかった。だからタフな男を演じつづけた。

「それで、ニューオーリンズに帰って本当は何をしてた？」

「両親のところへ帰った。でもそのあと、悪いことが起きた」

「どんな？」

「妊娠してることがわかったの」

「おれの？」

「いいえ、クライド、そうだったらどんなによかったか。あなたとすごした夜にはもう妊娠してたの。まだ知らなかっただけで。ミスター・Oの子を身ごもっているなんて耐えられなかった。無理。だから……堕ろした」

「かわいそうに、ヨーヨー」

ふたりは足を止め、公園のベンチに腰をおろした。

「両親はひどく肩身の狭い思いをしたわ」ヨランダは涙をこらえながら言った。「いい人たちなの。まじめで誠実な。ふたりとも定年まで郵便局で働いてた。敬虔《けいけん》なカトリック教徒で。わたしはひどい恥さらしだと自分で思った。それはともかく、結局わたし、教会が運営してる孤児院で事務員として働くようになった。そう、修道女にはならなかったけど、罪を償おうとしたの」

「きみはそれ以上の罰を受けたよ、ヨーヨー」

「やさしいのね。ありがとう」

「それで、歌は？」

「あきらめた」

「どうして？」

「あれはただの他愛ない子供の夢だったのよ」

「それはちがうぞ！　おれのトランペットは他愛ない子供の夢だったが、きみには才能がある、ヨーヨー！　あの晩、〈アポロ〉にいた全員がそう思った！　歌わなきゃだめだ」

「いいえ、クライド、わたしはポールの将来に身を捧《ささ》げる。ここに来たのは彼の歌を支えるためよ」

「たしかにプリティ・ポールはうまい」ヴァイパーは言った。「ゆうべ聴いたよ。だが、わかるだろ、ヨーヨー、きみには少なくとも彼くらいの才能がある。いや、あれ以上だ」

「わたしはここで彼に仕えるわ、クライド。それがわたしの役目」

「きみたちはどうやって知り合った?」

「ポールはニューオーリンズ出身で、お互い両親が友人同士なの。わたしたち、小さいころに会ったきりだったけど。去年彼が巡業でバンドを連れてやってきた。うちにも寄ってくれて、両親はすっかり彼に夢中になった。わたしも心を奪われたわ、クライド。でも、ときどき思うんだけど、ただ両親の家を出たくて必死だったのかもしれない。それと、なんとかしてニューヨークに戻ろうと。ポールに結婚しようと言われて、イエスと答えて、気がつけばハーレムに戻ってまた妊娠してた」

「きみとポールには子供がいるのか?」

「いいえ、クライド、流産したの。三カ月くらいまえに」

「ああ、ヨーヨー、かわいそうに」

そこでクライドはヨーヨーの体に腕をまわした。身を引かれるのではと怖れたが、彼女は肩にもたれかかり、すり寄ってきた。ヨーヨーのにおいがして、愛を交わした四年前のあの夜の陶然とする記憶がよみがえった。

「ポールは中絶のことを知らないの。ハーレム・ホスピタルの主治医には、ニューオーリンズで処置をした人が失敗したのかもしれないと言われた。もしかしたらわたしは、予定日まで妊娠を継続できないのかもしれない。でもポールはそれを知らなくて、心から子供を欲しがってる。彼を幸せにしてあげたい」

「おれには、きみが自分に罰を与えようとしてるみたいに聞こえる。罪を犯したと勝手に思いこんで。それで歌うのをあきらめるわけだ。きみをゴミみたいに扱う、きみより才能のない歌手に尽くしたいなら、そうすればいいさ」

腕のなかでヨランダの体が強張《こわば》るのがわかった。「いつからフロイトになったの？」

「しかもポールはジャンキーだ。いったい何に入れこんでるんだ、ヨーヨー？」

ヨーヨーは体を離し、ベンチから立ち上がった。

「そんな言い方しなくてもいいでしょ」

「なあ、ピーウィとポークチョップとおれで、ミスター・Oのナイトクラブをまた始めるんだ。〈ピーウィ〉って名前で。マリファナのビジネスも再開する。おれたちは成功するぞ、ヨーヨー。きみはポールを幸せにしたいと言う。だったらおれはきみを幸せにしたい。そのために何をすればいい？」

「本当にそれがあなたの望みなの、クライド？　わたしを幸せにしたい？」

「ああ」

「それならポールに仕事をちょうだい。彼をクラブで歌わせて、ゲージを売らせて」

「わかった。それがきみの望みなら」

「ありがとう、クライド。それと、助けてくれたことも心から感謝してる」

「お安い御用さ、ヨーヨー。いつだって」

7

〈キャットハウス〉では、百匹ほどの猫たちが動きまわり、喉を鳴らし、よじ登ったりうろついたり、家具を引っかいたり床を転げたり、体をなめたりしていたが、一九六一年十一月のその夜、そのうちの一匹が、バロネスの広大なリビングルームのソファで三つの願いの最後を考えているヴァイパーに近づいてきた。ヴァイパーは先ほどのジョイントでかなりハイになっていた。この夜〈キャットハウス〉にいるみなが吸っていたもので、タイから輸入した――または密輸したとでもいうべき――極上のマリファナだった。ヴァイパーはゆっくりと部屋のなかを見まわした。まだ二十人ほどのジャズメンがあちこちに散らばって話し、飲み、食べ、吸い、それぞれの楽器をいじり、即興をやってくつろいでいた。ポークチョップ・ブラッドリーは部屋の隅で眼を閉じて、ベースを弾き、まるで祈りを捧げているかのようだった。セロニアス・モンクは、ニカのベントレーで――ヴァイパー、モンク、ニカの三人で――〈キャットハウス〉に到着してからずっと同じ場所にいる。わからないがもしかすると、ニカはヴァイパー、別名リーファファーマンを捜してハーレムを走りまわっていたのかもしれない。橋の向こうのニュージャージーに彼女を待つ大勢のミュージシャンがいて、マリファナが足りなくなっていたとか。モンクはいま彫像のように肘掛け椅子にじっと坐っていた。明らかにしゃべる気分でもピアノを弾く気分でもないらしい。ただシルクの中華帽をかぶったまま、じっと坐って、穏やかに前方を見すえている。

バロネスは〈キャットハウス〉の巨大なピクチャーウィンドウのまえに立ち、川向こうにきらめくマンハッタンを背景に、マイルス・デイヴィスと静かに話しこんでいた。トレードマークのシガレットホルダーをくわえて煙草を吸っている。マイルスはまだ真っ黒なサングラスをかけて、ヴァイパーが無料で渡したジョイントを吸っていた。ヴァイパーはマイルスを尊敬していた。ヘロインの常習をなんとか断ち切り、自分のバンドを結成してからは、ともに働くミュージシャンがジャンクに依存するのを認めていなかったからだ。たとえ相手が偉大なジョン・コルトレーンでも。

「トレーンにしろ、ほかのヘロインをやってるやつらにしろ、道徳的にどうこうというのはなかった」かつてマイルスは言った。「おれだって経験したから。ただ、彼らがライブに遅刻してきて、ステージで居眠りしはじめるのは我慢ならなかった。許せなかったんだ」

実際、マイルスは、チャーリー・パーカー以来もっともすぐれたサックス奏者のジヨン・コルトレーンをバンドから追放した。それはコルトレーンにとってこの上ない贈り物となった。姿勢を正さざるをえなくなったのだ。マイルスのように彼もヘロインを断った。そしていま、マイルスのように彼の音楽も成功している。とはいえ、このふたりは人並みはずれて強かった。マイルスひとり、コルトレーンひとりの裏にはかならず、ヘロインのせいで音楽も、愛する人も、命も、すべてを失ったジャズメンが大勢いた。

「ミャオ」

ヴァイパーの足元で鋭く高い声がした。足元を見ると、〈キャットハウス〉の四つ足の生き物が一匹、大胆にも近くまで寄ってきていた。カシミアに似たつややかなベージュの毛皮、光る緑色の眼でヴァイパーをまっすぐ見上げ、もう一度鳴いた。

「ミャオ」

なるほど、とヴァイパーは思った。ヨランダ・デヴレイが猫に姿を変えたら、こんな感じだろうか。蜂蜜色の毛とエメラルドグリーンの眼を持つ猫が、足首に頭をこすりつけてくる。鼻がまたむずむずしてきた。胸ポケットからハンカチを取り出すと同時に、大きなくしゃみが飛び出した。

「ハークッション！」

ヨランダ猫はあわてて走り去った。

「お大事に、ヴァイパー」ジャズメンがいっせいに言った。

遠くで電話が鳴っていた。

「お大事に《ゲズントハイト》、親愛なる《リーベ》ヴァイパー」バロネスが完璧なドイツ語で言いながら彼の横を通りすぎ、寝室に向かった。寝室のドアからナイトテーブルの上で鳴る電話まで、ニカはうねる絨毯のように並んでくつろぐ猫たちのあいだを爪先立ちですばやくすり抜け、五回目のベルで受話器を取った。

「はい」

「バロネス？ レッド・カーニー刑事だ」

「なんの用かしら、レッド？」

「一度しか訊かない。嘘はつかないように。ヴァイパーはそこにいるか？」

「いるわ」

「代わってくれ」

*

「司会を務めます」ピーウィが壇上のマイクで観客に呼びかけた。「アップタウンのどこよりもダントツに熱いビバップの店へようこそ。五十二丁目通りで白人と愉しくやるのがクールだってのは百も承知だし、おれだってあそこは好きだけど、本当に愉しみたいならやっぱりアップタウンだ。さあ、ようこそわが家へ！　ようこそ〈ピーウィ〉へ！」

一九四八年の秋には、〈ピーウィ〉はハーレムで名実ともに最先端のクラブとなり、肩を並べるのは〈ミントン・プレイハウス〉だけというほど成長した。ミスター・Oの法律事務所〈シュナイダー・ミラー&ブルーム〉のパートナーたちが予測したように、マリファナの需要も拡大していた。商品は二週間に一度、カリフォルニアのマリファナ農園から納入され、〈ピーウィ〉の奥にあるビジネスマネジャーの事務所で、ヴァイパー・モートンが売人ネットワークを取り仕切った。

クラブに自分の名をつけた男ピーウィは、三年前、プリティ・ポールがいつも自慢している専業主婦の妻がじつはヨランダ・デヴレイだったと知って激怒した。「あのビッチ、一度だっておれを捜そうとしなかった」ピーウィは腹を立ててヴァイパーに言った。「おまえのことも、ポークチョップのこともな。おれたちのおかげで命拾いしたってのにさ！　代わりにあいつは肌の色の薄いふにゃまら夫とこっそり戻ってきたってか。あのくそクレオール人どもめ！」

怒った勢いで、ピーウィはグリニッチ・ヴィレッジのガールフレンドと結婚した。金髪で青い眼のサリー・アン・ホイットマンという家つき娘だ。少なくとも、結婚した時点では家つきだったが、黒人と駆け落ちしたことが両親に知られると、たちまち相続権を取り消された。サリーは自由人で抽象表現主義の画家だった。ふたりはロフトを買い、すぐに愛らしい子をふたり授かった。

「おまえはいつになったら身を固めるんだ、クライド？」ポークチョップは定期的に尋ねた。

ヴァイパーのハーレムでいちばん古くからの友人も、クラブのハウスのバンドリーダーを務めながら、ついに伴侶を見つけていた。アテナ・カーソンといって、ハーレムで人気の〈レディ・アテナ〉という美容室を経営している。アテナとポークチョップは長年の知り合いだった。ポークチョップは親友のディック・カーソンと彼女のあいだに生まれた子供ふたりの名づけ親だったが、ディックは黒人の戦闘部隊に入り、終戦間際の二週間に及ぶドイツ戦で命を落とした。ポークチョップはレディ・アテナを献身的に支え、ついに結婚することになったのだ。アテナはクラブの常連だった。

「今夜は最高にきれいじゃないか、レディ・アテナ」十月のその夜、ピーウィが壇上から叫んだ。「あんたを奪われないように気をつけろとポークチョップに伝えてくれ！」

「そうね、ピーウィ」アテナがナイトクラブのテーブル席からやり返した。「小さい《ショート》男の話はいつだって長い《ロング》。でしょ？」

観客はどっと笑った。

「オーケイ、みんな」コンパクトサイズの司会者は言った。「ここ〈ピーウィ〉の常連のひとりを紹介する。みんなに愛され、みんなに嫌われ、ここにいる女性全員とおそらく半分くらいの男から寝たいと思われているこの人。彼の望みを叶えるためなら人はいくらでも金を出すというこの男――プリティ・ポール・バクスターの登場だ!」

生姜色の肌のバリトン歌手がステージに跳び上がって高速のスキャットを始めると、バックでポークチョップ率いるハウスバンドの活きのいいビバップが鳴りだした。

プリティ・ポールはクラブで大人気の歌手というだけではなかった。マリファナの売人として、ヴァイパーの優秀な稼ぎ手のひとりでもあった。ポールはその夜のステージに立つまえ、クラブの営業開始と同時に事務所に立ち寄り、現金が詰まった封筒をヴァイパーに渡していた。

「ほい、ボス。週末の上がりだ」

「ありがとう、ポール。調子はどうだい?」

「絶好調さ、ヴァイパー。来週、五十二丁目通りの〈オニキス〉でヘッドライナーを務めることになった」

「観に行くよ。ビル・ヘンリーのことは聞いたか?」

「ああ、すごく残念だ。そうそう、ぼくはもう打ってないぜ、ヴァイパー。ほら」プリティ・ポールはシャツの袖をまくって血管を見せた。「もう一年もやめてる。ヨランダのおかげでついにやめられた」

「彼女はどうしてる?」ヴァイパーは、さして気にとめてないふりをして訊いた。

「ほら、誰も彼女を見かけないから。美容室でレディ・アテナが会う以外」

「ヨランダは元気だ。ただ出不精《でぶしょう》なだけで」

「よろしく伝えてくれ。ポール、もうヘロインはやってないと言ったな。それはいいことだが、おれはヘロインを売ることを誰にも許してない」

「ぼくは売ってないぞ、ヴァイパー」

「嘘じゃないことを願うよ、ポール。もし売れば相応の報いを受けることになる」

「信じてほしい、ヴァイパー」ポールは輝くような笑みを見せた。「信じてくれ」

*

ヘロイン市場は急速に拡大していた。流通のおもな拠点はバターカップ・ジョーンズの娼館だった。事態がきわめて深刻になってきたので、ヴァイパー、ピーウィ、ポークチョップは、月曜の朝五時に〈ハッチの隠れ家〉の朝食パーティで、バターカップと話し合いの場を設けた。

「あんたたち、あたしを破産させようとしてるみたいね」バターカップはカリカリに焼かれた薄いベーコンをひと切れ食べながら言った。相変わらず派手な装いで、仕立てのいいピンストライプのスーツを着てシルクのターバンを巻いていた。

「いいか、バターカップ」ポークチョップが言った。「あんたは娼館の主やヘロインの売人になるまではダンサーだった。おれはミュージシャンだ。音楽を作るのと同じくらいリーファーを愛してるが、音楽より夢中になることはない。ジャズとマリファナはいっしょに育ってきて、手を取り合って歩んでる。ヘロインはリーファーとはちがうぞ、バターカップ」

「そう?」バターカップは言った。「あんた、ビバップは好きじゃないでしょ、ポークチョップ?」

「好きだよ。演奏もする。だからおれは〈ピーウィ〉のハウスバンドにビバッパーを雇う。けど、あいつらはライブをサボるんだ。何日も姿を消す。自分の楽器も売っちまう。なぜだと思う? 音楽よりジャンクを愛しちまったからさ。ビル・ヘンリーなんか、ヘロインのためにクラリネットを何本質《しち》に入れたことか。ついに音楽をまったくやらなくなった。ジャンクのために生きて、道端の溝で死んだ」

「ちょっと待ってよ、ポークチョップ、ヴァイパー、ピーウィ。みんなあたし以上にわかってるでしょうけど、これはただの需要と供給の問題。ミュージシャンがジャンクを欲しがる、誰かがそれを供給する。あたしがやらなくても、ほかの誰かがやるでしょ」

「なんでメキシカン・ロコウィードだけにしとかない？」ピーウィが訊いた。

「だって、みんなカリフォルニア産のほうが好きだから！」バターカップは言った。

「あんたたちろくでなしは、あたしをリーファー・ビジネスから締め出しといて、今度はヘロイン・ビジネスからも出てけって言うのね」

「娼館があるじゃないか」ピーウィが不満げに言った。「あそこからたんまり稼いでるはずだ」

「まあ、いくらかはね、でも最近、あんたたちもお見限りよね。ポークチョップとピーウィは既婚者だから仕方ないとしても、あんたはどう言いわけするの、ヴァイパー？」

「バターカップ」ヴァイパーは言った。「おれたちはいまビジネスの話をしてる」

「いいわ、じゃあビジネスの話をしましょ。あたしの供給元は誰だと思う？」答えは全員知っていたが、バターカップは芝居がかった間を置いた。「あたしのバックにはね、シチリア・マフィアがいるの」

「だから？」ヴァイパーは言った。

「だからニッガなんか怖くないってこと」バターカップは吐き捨てるように言った。

「ハーレムにジャンキーがいるかぎり、あたしはジャンクを売る」

「チャーリー・パーカーは廃人同然だ」ポークチョップが言った。「ファッツ・ナヴァロはまた病院行き。スリム・ジャクソンは死の入口にいる。ジャンクはミュージシャンを全滅させてジャズを殺すぞ」

「あたしは麻薬ディーラーよ！」バターカップは言った。「あんたらマザーファッカーとおんなじ。ヘロインは急成長ビジネスでしょう。ニッガに資本家としてのセンスがちょっとでもあるなら、あたしと戦おうとするより組むほうが賢明でしょうが」

「おれたちはあんたとは組まない」ヴァイパーは言った。「あんたをビジネスから追い出したりもしない。だが、おれたちの売人ネットワークは、ジャンクを売るのは許されないことを知っている。うちのマリファナの売人があんたのジャンクも扱ったら、利益相反と見なす。そのときには焚《た》きつけたあんたにも責任を取ってもらう。罰金を徴収しに行くからな」

「あんたたちならいつでも歓迎よ」バターカップはそっけなく言った。「待ってるわ」

＊

ヴァイパーは、うずくような苦い満足感とともに〈オニキス〉に入った。五十二丁目通りに並ぶクラブのなかでも屈指の店だが、満席ではなかった。この夜のヘッドライナーはプリティ・ポール・バクスター&オーケストラだった。ドアからなかに入ったとき、ちょうど最初のセットが終わるところだった。ヴァイパーは四人がけのテーブルでひとりコカ・コーラを飲むヨランダに眼をとめた。

「クラーーイド」ヨランダが声を弾ませ、愛情をこめて呼んだ。「今夜はここであなたに会えると思ってた。いっしょにどうぞ」

「ヨーヨー」ヴァイパーは、小さな丸テーブルをはさんで彼女の真向かいに坐った。

「クラブできみと会うのはあのとき以来だ……あのとき……」

「〈サヴォイ〉ね。わたしの二十一歳の誕生日の夜。あの夜のことはよく思い出す。あれからもう七年よ」

「それで、プリティ・ポールは何か特別な理由があって、きみを家から出したのか?」

「じつはお祝いなの。誰にも言わないでね、わたし妊娠したの」

ヴァイパーは喉が詰まったように感じた。「おめでとう、ヨーヨー」

「三年もかかったのよ。ポールはわたしに愛想を尽かしかけてた」

「なんて男だ」

「やめて、クライド。ねえ、ひとつ訊いていい? 戦争から戻って三年で、あなたはかなりの収入を得るようになった。どうしてまだ結婚しないの?」

「たぶんきみをずっと待っているからだ」

ふたりは見つめ合った。ヴァイパーはヨランダにキスしたいと思った。テーブルに身を乗り出して勇気を出せば、許してくれるのではないかという気がした。

「なんと、われわれに華を添えてくれるのはどなたかと思ったら！」プリティ・ポールが叫びながらテーブルに近づいてきて、ヴァイパーの背中を叩いた。「最初のセットを逃すなんて惜しいことをしたね」ポールは坐り、大げさな音を立ててヨランダの頬にキスをした。「体調はどう、マイ・ガール？」

「大丈夫よ、パパ」ヨランダは媚《こ》びを含んだ口調で言った。

ポールはいかにも上流階級に見える白人男に、残りのもうひとつの椅子を勧めた。

「ヴァイパー、こちらはレミー・アルノー、フランスのパリから到着したばかりだ」

「こんばんは、サー」アルノーが言った。「あなたが有名なヴァイパー・モートンですか？」

「ご存じで？」

「私はパリのサンジェルマンの近くでジャズクラブを経営している。アメリカ人のジャズミュージシャンも大勢やってきます。彼らは口々にあなたの話をする」

「レミーはぼくをパリに呼ぼうとしてるんだ」ポールは言った。

「あなたの美しい奥様も、もちろん」とアルノー。

「夢だったの！」ヨランダが言った。「フランスには行ったことがなくて。だけど、レミー、わたしの旧姓はデヴレイっていうんです」

「それなら、あなたはフランスの女性だ」

「ポールとわたしはふたりともクレオール人で、ニューオーリンズ出身なの」

「ヨランダはどこにも行かない」ポールが言った。「ハーレムに残って、ぼくたちの子を育てる。でも、悪いね、ぼくは何週間か陽気なパリに行ってくるよ」

「あちらであなたはすでに有名だ」レミー・アルノーは言った。「ハンサムな写真つきの最新のレコードでね。この顔はフランスのレディたちにたいそう人気がある」

「ああ、知ってる。発声のトレーニングはするけど、顔は生まれつきでね」

「そろそろ失礼するかな」ヴァイパーはテーブル席から立ち上がった。

「次のセットも聴かないで？」ポールが言った。

「今夜は五十二丁目じゅうのクラブをまわらないと、ポール。大事な客がいるんだ。知ってるだろう」

「おやすみなさい、ミスター・ヴァイパー・モートン」アルノーが言った。「お会いできてよかった」

「おやすみなさい、クライド」ヨランダが言った。

「おやすみ、ヨーヨー」

静かな午後、ヴァイパーは事務所で山積みの金を数えていたが、けたたましく鳴る電話に集中を妨げられた。

「はい？」彼は言った。

「クライド？　会える？」

「ヨーヨー。どうかしたのか？」〈オニキス〉で会って二週間がたっていた。「どこにいる？」

「電話ボックス。いっしょに散歩したあたりを憶えてる？　リヴァーサイド・パークの。十五分くらいであそこに来られる？」

＊

ヨランダは三年前にヴァイパーが抱き寄せたあのベンチにいた。頭にスカーフを巻き、大きなサングラスをかけて。隣に彼が坐ると、ヨランダはサングラスをはずした。ヴァイパーは息を呑んだ。彼女の左眼は腫れてふさがり、青あざができていた。

「ポールに殴られたの、クライド。わたし、また流産しちゃった。中絶のことを彼に話したら、わたしのことを傷物だって。そして殴りかかってきた」

「あいつはいまどこに？」

「わたしが床に倒れているうちに飛び出していったわ。どこに行ったかわからないけど、家にいるのは怖くて。戻ってくるかもしれないから」

「家には帰るな。レディ・アテナの美容室に行くんだ。アテナとポークチョップが部屋を用意してくれる。おれが行くまでそこで待て」

「ほかにもあるの、クライド。ポールはバターカップの下でヘロインを売ってる」

「いつから？」

「ずっとよ。やめなかった。あなたに知らせたほうがいいと思ったの」

「ありがとう、ヨーヨー。さあ、アテナのところに行くんだ。おれはプリティ・ポールを捜す」

「でも彼を傷つけないで、クライド。お願い」

ヴァイパーはまずクラブに行って、ピーウィとポークチョップに話した。ふたりは平日の午後にどこに行けばプリティ・ポールがつかまるか知っていた。ポールは〈ピーウィ〉の通りの先のビリヤード場にいた。

「みなさんおそろいで、なんの用かな？」三人が入ると、ポールはキューを置いて言った。

「来いよ、ポール」ヴァイパーが言った。「クラブで話がある」

三人はプリティ・ポールを〈ピーウィ〉の屋上に連れていった。

「何か怒ってるみたいだけど」プリティ・ポールは言った。「ヨランダはぼくの妻だ、みなさん。どう扱おうとぼくの勝手だろう」

「ああ、そしておまえはおれたちの雇われ人だ」ピーウィが言った。「だからおまえを洗濯物みたいに吊るそうと、おれたちの勝手だな」

「なんだって？」

ピーウィはプリティ・ポールの左脚をつかんだ。右脚をポークチョップが握った。ふたりはポールを逆さまに持ち上げて、屋上の端から外側に出した。ポールは宙で腕を振りまわした。

「お願い、殺さないで！」プリティ・ポールは道路から六階分の高さで逆さまに吊るされ、ヒステリックに叫んだ。「殺さないで！」

「かみさんを殴ったらしいな、ポール」ポークチョップが言った。「感心しない」

「二度としません！」ポールは金切り声で言った。「約束する！」

「おまえを落っことすようなまねはさせないでくれよ、ポール！」ピーウィは意地悪くクスクス笑った。

「落とさないで！　頼む、落とさないで！」ポールはどうすることもできず、腕をばたばたと振りまわしていた。

「バターカップのジャンクを売ってるな？」ヴァイパーが言った。

「はい！　でもやめる、約束する！」

「バターカップのところでいくら稼いだ?」

「わからない!」

「おおっと!」ピーウィがポールの脚を放そうとした。

「落とさないで!」ポールはわめいた。「お願い落とさないで! 一万ドル。バターカップのジャンクで稼いだのは一万ドルだ」

「いいだろう」ヴァイパーは言った。「引き上げてやれ」

ポークチョップとピーウィはポールを引き上げて立たせた。ポールは削岩機のように激しく揺れていた。

「申しわけなかった、みなさん」ポールは声を震わせた。「赦《ゆる》してください」

「ポール」ヴァイパーが言った。「バターカップのところに連れていけ」

＊

百十二丁目通りにあるバターカップ・ジョーンズの娼館の場所は誰もが知っているが、彼のふだんの住まいを知る者はほとんどいなかった。プリティ・ポールは屋上から吊るされた恐怖にまだガタガタ震えながら、ハーレムのモーニングサイド・ハイツ地区の高級タウンハウスにあるバターカップの個人宅に、ヴァイパーとピーウィを連れていった。ドアベルを鳴らすと、娼館の主でヘロインの売人が出迎えた。バターカップは濃紺のシルクのパジャマにヒョウ柄のバスローブをはおり、刺繍入りのスリッパをはき、頭にカーラーをつけていた。

「ようこそ、ボーイズ」バターカップは、彼らが来ることがわかっていたかのように言った。「サロンへどうぞ」

バターカップは薄暗い明かりのともった部屋に案内した。自分は小さなソファに腰かけ、客たちには上品なフランスふうの三脚の椅子を勧めた。ポールは坐ったが、ヴァイパーとピーウィは立ったままだった。

「ビジネスの話よね」バターカップは言った。

「プリティ・ポールがあんたのとこで一万ドル分のジャンクを売ったそうだな」ヴァイパーが言った。

「ポールは天性のセールスマンよ」バターカップは薄ら笑いを浮かべた。「あなたたちも知ってるでしょう」

「利益相反があったら罰金を科すと言ったはずだ」

「回収しに来たぜ」ピーウィが言った。

「こっちのやり方で」ヴァイパーは言った。「あんたにはうちに一万ドルの借りがある」

「すまない、バターカップ」ポールはまだ落ち着きを取り戻すことができず、椅子の肘掛けを握りしめていた。「こいつら、頭がおかしいんだ」

「心配無用よ、ポール。ヴァイパー、ピーウィ、その金額でいいなら喜んで。このソファのクッションの下に一万ドルあるわ」

「払えよ」ピーウィが言った。

バターカップは立ち上がり、クッションの下に手を入れると鉈《なた》を取り出した。

「死ね、マザーファッカー！」バターカップは叫ぶと、くるりとまわって頭上に武器を振りかざし、ピーウィに切りかかった。小男はひょいと屈んだ。バターカップはピーウィを切り損ねてプリティ・ポールの左頬を切り裂いた。血が噴き出した。

「顔が！」ポールは悲鳴をあげた。「ぼくの顔が！」

バターカップが鉈を振りまわして向かってきたので、ヴァイパーはしゃがんだ。

「死ね、マザーファッカー！」バターカップはもう一度叫んだ。

ピーウィが上着に手を入れて拳銃を出し――

バン、バン、バン！

――バターカップを三発撃った。娼館の主はばったり仰向けにソファに倒れ、眼を見開いたまま胸から血をほとばしらせた。その間、プリティ・ポールは床でのたうちまわり、泡立つ傷を押さえていた。

「うわああ！　顔が！　ぼくの顔が！」

「うるさい！」ピーウィが叫んだ。

バン！

ピーウィはポールの右のこめかみの中心を撃ち抜いた。

ほの暗い部屋は急に死の静寂に包まれた。硝煙の鼻をつくにおいがあたりに満ちた。

「くそっ、ピーウィ」ヴァイパーは言った。「このあとどうすりゃいい？」

ピーウィはポールの右手をつかむとその手に銃を持たせ、引き金に指をからませた。

「ずらかろうぜ」

＊

一時間後、ヴァイパーはヨランダに会いに行った。レディ・アテナは彼女に美容室の二階の部屋をあてがっていた。

「クライド、何があったの？」

「悪い知らせがある、ヨーヨー。たったいま、レッド・カーニー刑事と話してきた。彼が言うには、ポールとバターカップが争ったそうだ。バターカップはポールを鈍で攻撃した。ポールは拳銃を取り出してバターカップを三回撃ち、パニックになって、たぶん……自分の頭を撃ち抜いた」

ヨランダは衝撃を受けたようだった。「ポールは死んだの？」

「気の毒だが、ヨーヨー」

「でも、ポールは銃なんて持ってなかった」

「きみが知らなかっただけだ」

「なんてこと」

ヨーヨーはヴァイパーに抱きついた。

「抱きしめて、クライド。お願い」

ヴァイパーは彼女を強く抱き、ぬくもりと柔らかさと甘い香りに欲情を覚えた。愛し合いたいと心から思った。だが、いまはそのときではない。

「警察がきみを捜している」彼はヨランダの耳元にささやいた。「すぐにレッド・カーニーのところに行ったほうがいい」

「ありがとう、クライド」ヨランダは涙をこらえて言った。「ありがとう」

＊

ハーレムのセント・ピーターズ教会は、ジャズ関係者が礼拝に訪れる場所として有名だった。そして哀悼の場としても。プリティ・ポールとバターカップ・ジョーンズの早すぎる死から一週間後、教会はふたりの葬儀の参列者でいっぱいだった。ヴァイパーは最前列に坐っていた。隣にポークチョップとレディ・アテナが坐り、厳粛な面持ちで正面を向いていた。反対側にはピーウィ。小さな殺人者は、牧師が何度も彼と仲間たちにじかに説教しているようなそぶりを見せるたびに、眼を天井に向けて視線をそらしていた。

「わが兄弟姉妹、犯罪が報われることなどありません！」白髪の牧師は大声を轟《とどろ》かせた。「プリティ・ポール・バクスターは天才的な歌手で、バターカップ・ジョーンズは才能豊かなダンサーでした。しかし彼らは犯罪の人生に屈したのです！」牧師はハンカチを取り出し、顔に流れる汗をぬぐった。長々と続いた説教が最高潮に達しようとしていた。「売春斡旋、賭博、薬物取引。ポールとバターカップは犯罪の人生に負け、ついには文字どおり共倒れとなりました。なぜなら、それこそ犯罪の人生がもたらすものだからです」

その日はジャズ界のあらゆる人間がセント・ピーターズ教会に来ていた。人混みのなかには、パリでジャズクラブを経営するフランス人、レミー・アルノーもいた。ただひとり、プリティ・ポールを失った妻だけはいなかった。ヴァイパーはできるだけさりげなく首をまわして、ヨーヨーの姿をわずかでもとらえようとしたが、彼女はどこにもいなかった。

「われらが主よ」牧師は声を張りあげた。「プリティ・ポールとバターカップの罪をお赦しください。彼らが天国で互いに抱擁できますように」

ピーウィはヴァイパーに身を寄せ、ほとんど牧師の耳に届くくらいの声で言った。「地獄で互いにチンなめができますように」

「われわれのなかにはまだ犯罪者がいます」牧師は太い声を響かせ、祭壇から最前列の犯罪者たちを睨みつけながら言った。「この聖なる場所にすらいますが、どうか主よ、彼らに光を与えたまえ！　嘆き悲しむ寡婦をひとりきりで残したポール・バクスターのようになってしまうまえに」牧師の声はいまや憐れみを含んでかすれていた。「まだこんなにも若く、こんなにも美しいのに、いまや取り残され、ひとりに、ひとりぼっちになってしまった。兄弟姉妹よ、ヨランダ・デヴレイ・バクスターが今日、夫を偲《しの》んで歌ってくれます」

ヨランダが祭壇のうしろの扉から現れた。黒いドレスを着て、黒いサングラスをかけていた。彼女が祭壇にのぼると、集まった人々は完全に沈黙した。牧師はうしろに下がって、ヨランダの場所を空けた。ヨランダは長いこと身じろぎもせず立っていた。そして口を開き、歌いはじめた……。

ヨランダの声は胸に沁みわたった。心を突き刺し、なで、引き裂き、やさしく癒した。ヴァイパーは一九四一年、〈アポロ・シアター〉のアマチュア・ナイトで彼女が優勝したあの夜を思い出した。ヨーヨーの歌を聴くのはあのとき以来だった。彼女の声はいまも荒々しい天使のようだったが、七年がたったこの日、そこには新たな、心を打ち砕くような一面が加わっていた。痛みに満ちた声だった。七年前、〈アポロ・シアター〉で歌っているあいだ、ヨーヨーはずっとヴァイパーを見つめていた。いま教会の祭壇にいる彼女の眼は黒いサングラスに隠れて、誰を、何を見て歌っているのかわからない。ヨランダが曲の最後の音に達すると、教会に集まった人々はいっせいに立ち上がり、割れんばかりの拍手を送った。ヨランダの顔はやはり無表情で、感情や思考はうかがえなかった。彼女は祭壇からおり、教会を埋め尽くしたジャズ関係者が眼に涙を浮かべて万雷の拍手を送るなか、ひとりで通路を歩いた。全員の横を通りすぎて、そのまま教会の扉から出ていった。

祭壇から牧師が叫んだ。「アーメン！　アーメン！　兄弟姉妹！　アーメンの声を響かせよ！」

参列者たちの声が大きく応えた。「アーメン！」

＊

葬儀が終わると、ヴァイパーは自分のアパートメントに戻ってソファに寝そべった。これからどうすべきか、途方に暮れていた。一週間前の今日、ヨランダに会って夫の死を告げた。事件で自分が果たした役割については話さず、レッド・カーニーから現場の詳細を聞いたとヨランダに信じこませた。それ以来、彼はあえてヨランダを避けていた。ヨランダに悲劇の余波に対応する時間と場所を与えたかった。彼女自身の家族や、プリティ・ポールの家族もいるし、警察の捜査もある。ヨランダを追いつめたくなかったし、気を遣わせたくもなかった。ヨーヨーがこの先どうするつもりなのか、ヴァイパーにはまったくわからなかった。ニューヨークにとどまるのか、ニューオーリンズに帰るのか。それとも長い年月の末、やっと彼のものになるのか。彼のものに。ミスター・Oのものでも、プリティ・ポールのものでもない。彼の、彼だけのものに。

ドアベルが鳴った。のぞき穴からヨランダが見え、ヴァイパーは大きくドアを開けた。

「こんにちは、クライド」

「ヨランダ、入ってくれ」

ヨランダはサングラスをはずした。濃い化粧をしていても、左眼のまわりにはまだあざが残っていた。

「突然ごめんなさい」

「来るんじゃないかと思ってた。坐って。飲み物は？」

「いただくわ。バーボンをオンザロックで」

「今日のきみの歌はすばらしかった、ヨーヨー」

「ありがとう、クライド。まだショックから立ち直れないけど」

「無理もない」

ヴァイパーは氷とワイルドターキーを入れたグラスをふたつ用意し、ソファの彼女の隣に腰かけた。

「あの話を何度も思い返してるの」ヨランダは言った。「バターカップとポールが争ったのだろうということはわかる。ポールが銃を持っていてバターカップを撃ったってことも、まあ認めるわ。ただわからないのは、なぜそのあとポールが自分の頭を撃ったのか」

「バターカップは鉈でポールの顔を切り裂いた」ヴァイパーは言った。「きみもポールが言うのを聞いただろう、顔は自分の財産だって。起きたことに対する突発的な痛ましい反応だったんじゃないか？」

「わからないわ、クライド。ポールはとても自殺するような人じゃなかったから」

「気持ちはわかる、ヨーヨー」ヴァイパーはそこで黙り、飲み物をひと口ゆっくり飲んで、気を引き締めてから続けた。「ひとつ話してもいいかな？　これまで誰にもしたことがない話だ。おれにはアラバマに婚約者がいた。ふたりとも十九歳だったとき、おれは彼女を捨てた。ニューヨークに来て、トランペッターになりたかったんだ。バーサはひどいショックを受けた。妊娠してたんだ。おれは気づかないふりをしてたが、本当は知っていた。なのに彼女を捨てたんだ。そして二年後にようやく知った、おれがいなくなってすぐにバーサが自殺したって」

「そんな！　なんてこと！」

「剃刀で自分の喉を切ったんだそうだ」

「ああ、クライド！　なんてひどい！」

「バーサは自殺するようなやつじゃないと思ってた。きみがポールのことをそう思ったように。だけどきみが苦しんでるのはわかる、ヨーヨー。知ってほしいのは、おれがついてるってことだ」

「ありがとう、クライド」

ふたりは黙りこんだ。それぞれの飲み物を飲んだ。ようやくヴァイパーが口を開いた。

「それで、これからどうする？　生まれたときに定められた仕事につく？　歌手になるのか？」

「ええ、クライド。ついに決心したわ」

「〈アポロ〉できみが歌った夜のことを憶えてるか？　きみはおれにマネジャーになってくれと言った。そう、もしまだその気があるなら、おれはそうしたい」

「ああ、クライド。こんなに親切で、こんなにわたしを守ってくれる人はいない」

「おれは長年このチャンスを待ってたんだ、ヨランダ。ずっとまえにきみは、本当に求めてるのはおれだと言った。ついにそのときが来たのか？」

「それを話したくてここに来たの、クライド。わたし、パリに引っ越す」

「え？」

「レミー・アルノーと話したの。例のフランス人よ。サンジェルマンの彼のクラブで歌わないかと誘われた。専属の歌手として。明日出発する」

「パリ？」ヴァイパーは吐き捨てるような勢いで言った。急な発熱のように怒りがこみ上げた。「パリで暮らすつもりなのか？　おれたちのことは？」

「遊びに来て」

「遊びに？　きみはおれといっしょになりたいんだと思ってた。きみが求めているのはおれだと。嘘だったのか？」

「クライド、パリはわたしにとって大きなチャンスなの。逃したくない」

ヴァイパーはもはや怒鳴っていた。「わかった。で、おれへの感謝の気持ちはどこだ？　何度そのみじめなクソ人生を救ってやったと思ってる？　おれに対するお返しがそれか？」

「お返し？」

ヴァイパーはソファから立ち上がった。ことばが勝手に噴き出した。「出ていけ！おれの家から出ていけ！」

「クライド、ちょっと待って！」

「出てけ！　二度と顔を見たくない！」

ヨランダは急いで部屋から出ていき、ドアを勢いよく閉めた。

ヴァイパーはソファに倒れこんで泣いた。眼がどうにかなるほど泣いた。まるで女だ、と苦々しく思った。ついに泣き疲れて眠るまで泣いた。

翌朝、目が覚めると、彼は決意した。ヨランダにバーサのことを話したが、これまでバーサについてほとんど考えなかったということは言わなかった。死んだ婚約者の思い出はまるごと抽斗にしまわれていたようなものだった。鍵をかけ、開けることなどほとんどない抽斗に。今度はヨーヨーとのあらゆる思い出に同じことをする。ヨランダ・デヴレイが存在していたことすら忘れるのだ。

＊

「ハークション！」ヴァイパーは豪快なくしゃみをまた放った。

「お大事に、ヴァイパー」ジャズメンの集団が声をそろえて言った。

ヴァイパーは礼を言う代わりに小さくうなずき、ハンカチで鼻をぬぐった。ロレックスにちらっと目をやった。夜中の一時半。一九六一年十一月、ヴァイパーが三度目の殺人を犯した夜。ちなみに、彼が犯した殺人については、まだ一九四〇年にウェスト・インディアン・チャーリーの喉を切り裂いた一度目しか話していない。一九四八年にプリティ・ポール・バクスターとバターカップ・ジョーンズを殺したのは、ご承知のとおりピーウィであって、ヴァイパーではなかった。二度目の殺人は昨年で、三度目の殺人の間隔は一年少々しかあいていない。二度目の殺人は昨年で、ヴァイパーの二度目と三度目の殺人の間隔は一年少々しかあいていない。それでも彼は、暗い影を落とすことになった。それでも彼は、一九六〇年にしたことを後悔していなかった。

だが、今夜はどうだ。自分がしたことに動揺している。おそらくポークチョップは正しい。たぶんまだショック状態なのだ。ヴァイパーは眼が潤んできたと感じた。

「ヴァイパー、大丈夫？」

顔を上げると、バロネスがすぐそばに立っていた。「ああ、ニカ」ヴァイパーは涙をこらえて言った。「あんたの猫どものせいでアレルギーが出ただけだ」

バロネスは屈んでささやいた。「電話よ、ヴァイパー。レッド・カーニーから」

バロネスはヴァイパーを寝室に案内し、ナイトテーブルの電話を手渡すと、猫たちと部屋から出ていった。

「カーニー？」

「ヴァイパー、おまえはおれになんて言われたんだっけ？」

「三時間以内に消えろと」

「もう二時間半だぞ。おれはニューヨークの警官だから、ニュージャージーまで行っておまえを逮捕できないとでも思ってるのか？　二十五年間うまくやってきたのかもしれんが、どうこう言っても、おまえはクソ連邦案件だ、ヴァイパー。おまえを差し出したら、ＦＢＩはおれに勲章をくれる」

「だったら何をぐずぐずしてる、レッド？」

電話越しに悪徳警官のため息が聞こえた。

「いいだろう、ヴァイパー。それがおまえの望みなら。おれのところに自首してこいよ、別の誰かのところじゃなく」

「自首か」ヴァイパーは重々しく言った。「そのことばは好きになれないだろうな」

「ならあと三十分あるから考え直せ」カーニーは言った。「それか、二時に〈キャットハウス〉の外で会おう」

「わかった」

「なあ、ヴァイパー……」

「ん?」

「おれにおまえを殺させないでくれ」

8

三十七歳になるころには、クライド・〝ヴァイパー〟・モートンはかなり裕福だった。ヨランダ・デヴレイがパリに発ってから七年近く、彼はひたすら仕事に打ちこんでいた。キャデラックは銀色と黒の二台になった。ハーレムのシュガー・ヒルにある贅沢なアパートメントにも引っ越した。近隣住民は上流階級の黒人たちばかりだった。医者、大学教授、弁護士や政治家、著名な大臣に起業家、有名なアスリートや芸能人。エッジコム・アベニューにあるアール・デコ調の彼の建物には、（パーク・アベニューのミスター・Oのマンションと同じく）制服を着た黒人のドアマンがいて、広大な大理石のロビーがあり、制服のエレベーター係がいた（これも同じ）。ペントハウスではないものの、ハーレムのてっぺんに位置するヴァイパーの五階の部屋からは、マンハッタン北部が一望できた。〝シュガー・ヒルの人生はかくも甘美《スウィート》なるかな！〟とはよく言ったものだ。

彼はハーレムの不動産にも手を出すようになった。〈シュナイダー・ミラー&ブルーム〉法律事務所の助けを借りて、それまで住んでいたレノックス・アベニューのブラウンストーンを、長いつき合いの不動産仲介業者から購入した。十二戸あるアパートメントのうち十一戸を貸し、かつての自分の部屋を別宅にした。建物を所有するのは気分がよかったが、不動産ゲームにおいてはまだ控えめなプレーヤーだということもわかっていた。

〝都市開発〟と呼ばれるものがハーレムにやってきていた。たとえば、かつて〈隻眼ウィリーの廃品処理場〉で知られた錆びた鉄屑の広大な荒地。ミスター・Oの永眠の地と言ってもいいが、そこは黒人のアメリカの首都じゅうに突如現れた公営住宅のための専用地になった。よくある取り決めでは、地方自治体と連邦政府が〈ウィーゼルティア&サンズ開発〉に公的資金を投入して、巨大なコンクリート造りの複合住居施設を建てる。十数棟もの個性のない二十階建ての建造物は（ひょっとしたら皮肉で?）〈ルネッサンス・ガーデンズ〉と名づけられた。竣工《しゅんこう》後、〈ウィーゼルティア〉は〝公営住宅〟を買い取って、政府に出資金を返済した。次なる標的は、同社がハーレムの数ブロックにわたって所有していた避難階段つき六階建ての古い安アパートで、ここには何世代も近所づき合いをしながら暮らしている家族もいた。アパートは老朽化していたにはちがいないが、味わいがあった。住民たちは外階段に坐っておしゃべりに興じ、小さい子供たちは表の歩道で遊び、血縁はなくとも共同体意識でつながった年寄りがそれを見守っていた。しかし、これらのアパートが解体工事の鉄球を受ける運命になると、住民たちはみな〈ルネッサンス・ガーデンズ〉に送られ、そこで近代的な暮らしができるからという理由で家賃を吊り上げられた。〈ウィーゼルティア〉は取り壊したアパートの代わりにまた同じような個性のない公営住宅を作り、黒人家族の住居を空高く積み上げていった。

都市開発業者たちは巨額の金を手にした。みな自分たちがしていることは公共の利益のためであり、急増するハーレムの低所得層にすぐ必要な住居を提供しているのだとうそぶいた。連なるコンクリートの高層住宅は世紀なかばの偉大な建築デザインである、と建設会社は主張したが、ヴァイパーは〈ルネッサンス・ガーデンズ〉のような公営住宅のまえをキャデラックで通りすぎるたびに、ひそかに震えた。〈ウィーゼルティア〉やほかの都市開発業者が公営住宅のことをなんと呼ぼうと、あの建物がどう見えるかは知っておいたほうがいい。あれは刑務所そっくりだ。刑務所はヴァイパーが死より怖れるもののひとつだった。

ヴァイパー・モートンに内心怖れるものがあるなどと聞いたら、人々は驚いただろう。ハーレムにはヴァイパーに対する恐怖の念が戻っていた。ヘロインの売買をめぐってヴァイパーがプリティ・ポールとバターカップ・ジョーンズを殺した、ヴァイパーが悪意むき出しでポールの美しい顔を切り裂き、頭を撃ったと、みなが信じていた。

マキアヴェリズムの恐怖が行き着いた先は、究極の敬意だった。

それはおそらく媚薬《びやく》でもあった。ヴァイパーはまだ独身だったが、女には不自由しなかった。一年じゅう、数えきれないほど多くの女とベッドをともにした。そしてそのうちの誰も愛してはいなかった。

一年に一度か二度、ヨランダ・デヴレイから〝フランス、パリ〟の消印が押された手紙が届いた。ヴァイパーはひとつも封を切らず、ヨーヨーが彼に告げたいことを一文字も読まずに、すべてゴミ箱に投げ入れた。

ヴァイパーは成功していた。なのに苦々しさだけがあった。

＊

本拠地は相変わらずハーレムだったが、ヴァイパーは、たいていのジャズメンがたんに〝ザ・ストリート〟と呼ぶミッドタウンのエリアですごすことのほうが多くなっていた。五番街と六番街のあいだのネオンに彩られた五十二丁目通りは、いまやジャズ界の中心地として不動の地位を確立していた。〈クラブ・ダウンビート〉や〈ジミー・ライアンズ〉、〈フェイマス・ドア〉のまえをゆっくり歩きながら、ヴァイパーはときおり物悲しい気分になった。二十年ほどまえにニューヨークに来たばかりのころには、白人たちが世界一エキサイティングな音楽を聴くために、われわれの縄張りであるハーレムまで来なければならなかった。それがいまや、黒人ミュージシャンが白人の領域に音楽を持っていってやらなければならない。だからといって、音楽のすばらしさが損なわれたわけではないが、ヴァイパーはどうしても、安アパートが取り壊されて公営住宅が建てられたように、ハーレムが二度と取り戻せない大事なものを失ってしまったと感じずにはいられなかった。

一九五五年二月の深夜、ヴァイパーは、ザ・ストリート屈指の人気店で、ビバップの父チャーリー・パーカーにちなんで名づけられた〈バードランド〉に立ち寄った。クラブは満席だったが、バード本人はどこにもいなかった。アート・ブレイキー&ザ・ジャズ・メッセンジャーズが演奏していた。ディジー・ガレスピーがテーブル席でファンに囲まれてちやほやされていた。トレードマークのベレー帽をかぶり、鼈甲《べっこう》縁の眼鏡をかけたディズは、リーファーマンがそばを通ると、ウインクをして軽く頭を下げた。隅の席には、巨大なシベリアの毛皮帽をかぶっているセロニアス・モンクの姿があった。その隣で長い黒髪の気品ある白人女性が、長い黒のシガレットホルダーで煙草を吸っていた。女性は微笑むと、ヴァイパーを手招きした。どういうわけか、ふたりは初対面だったが、ヴァイパーは彼女が何者か知っていた。ジャズ界に彼女が現れたことは、何カ月もジャズメンの話題になっていたからだ。

「ヴァイパー・モートンでしょう」

「女男爵《バロネス》ロスチャイルドはわたしの旧姓。だからニカって呼んで」

「やあ、モンク」ヴァイパーは言った。

「よう、ヴァイパー」モンクはうなるように言った。

「どうぞ坐って、ヴァイパー」ニカが言った。「いっしょに飲みましょうよ」

ヴァイパーは席についた。「いまニューヨークで暮らしているというのは本当ですか？　たんに旅行ではなく？」

「ええ、そうよ。〈スタンホープ・ホテル〉のスイートにいる。そのうちいらっしゃいよ。夜どおしジャムセッションをやってるから」

「ちょっと失礼」モンクが立ち上がって手洗いに行った。

「あなたはこの街でかなりの有名人よ、ヴァイパー」

「ええ。あなたもすぐそうなる、ニカ。ジャズミュージシャンたちがもうあなたの名前をつけた曲を書いてるくらいだから」

「ついこのあいだまで、わたしは外交官の妻としてつまらない日々を送っていた。そんなある日、誰かがセロニアス・モンクの『ラウンド・ミッドナイト』のレコードをかけたの。天啓とでも言うのかしら。この曲を作った人に会わなきゃと思った。それからもっとこの音楽のことを知った。そしてミュージシャンの世界で生きるべきだと悟ったの」

「ミュージシャンの庇護者《パトロン》ってわけだ」ヴァイパーは怪しむような態度を隠そうともせずに言った。

「あなたもわたしとそうちがわないわ、ヴァイパー。あなたはジャズメンに、彼らが必要とするものを提供する。わたしは彼らの家賃や請求書の支払いを肩代わりする」

「いくらかのジャンクも？」

「いいえ、ヴァイパー。ヘロインを買うお金は渡さない。わたしが助けたいのはミュージシャンの生活。死の手助けはしないの」

「なんでおれを助けてくれないんだ、ディズ」

名状しがたい苦痛のうめきがクラブじゅうに響きわたった。

「なんで助けてくれないんだよ」

音楽が突然やんだ。みながいっせいにディジー・ガレスピーのテーブルのほうを向いた。チャーリー・パーカーが、たったいま通りから迷いこんできたホームレスのような姿でテーブルの傍らに立っていた。眼は正気を失い、ぼろぼろの古いレインコートを着て、かつてのバンド仲間に泣きながら訴えていた。

「なんで助けてくれないんだ、ディズ？　なんでおれを助けてくれない？」

バードがジャンクのせいでまともではなくなっているのは明らかだった。ディジーはどうすることもできずに友人を見つめていた。

「助けてくれよ、ディズ！　頼む、助けてくれ！」

警備員がふたり現れて、チャーリー・パーカーの腕をつかんだ。

「助けてくれ、ディズ！」

バードはわめいてじたばたしながら、自分の名がついたナイトクラブから引きずり出された。

「助けてくれよ！」

そのとき誰もが思った。もう時間の問題だな、と。

*

「速報です！」ヴァイパーの事務所のラジオでアナウンサーが声を張りあげた。「ビバップの王者がバロネスの部屋で死亡しました！　バップ・ジャズブームの創始者として知られる黒人サックス奏者のチャーリー・〝ヤードバード〟・パーカーが、〈スタンホープ・ホテル〉のスイートルームで死亡しているのが発見されました。美しいクリーム色の肌に漆黒の髪のヨーロッパ人、ロスチャイルド財閥の遺産相続人が住んでいる部屋です。部屋のなかで薬物は見つかっていないとのことですが、当局は薬物に関連した死亡と見て捜査を進めています」

ヴァイパーはピーウィとポークチョップを呼び出し、〈ピーウィ〉の屋上で緊急会議を開いた。

「起こりうる最悪の事態だ」ポークチョップが言った。「これでバードは殉教者になった。若いキャットたちは、自分も真価を認めてもらえない天才だと言わんばかりに、こぞって打ちはじめるぞ。バードみたいに」

「バードが生きてるあいだにもっとまねときゃよかった、とばかりにな」ヴァイパーが言った。「おれの考えを言おうか。ヘロインの売人をもっと減らすべきだ」

「それは無理だ」ピーウィが言った。「あいつらのうしろにはたいていマフィアがいる。イタ公たちは、バターカップを消したのはおれたちだと勘ぐったかもしれないが、あのときは目をつぶった。だが、あれは七年前の話だ。いまじゃもっと多額の金がからんでる」

「おれたちにできるのは、抵抗しつづけることぐらいか」ポークチョップが言った。

「ああ、そう思うよ」ピーウィは言った。「でもときどき、バターカップは正しかったと思うこともある。ジャンクは需要がある。本気でビジネスマンを名乗るんなら、それに乗っかって売るべきだ」

「そんなふうに考えるのはよせ、ピーウィ」ヴァイパーは言った。「これは金よりも大事なことなんだ」

「ああ、わかってるさ。言ってみただけだ……」

「ポークチョップの言うとおり、おれたちは抵抗を続ける」

ヴァイパーが手を差し出すと、ポークチョップが握った。

「みんなはひとりのために、ひとりはみんなのために」ポークチョップが言った。

「なんだよ、おれたち三銃士か？」ピーウィは鼻を鳴らした。それでも、ヴァイパーとポークチョップの手に自分の手を重ねた。

「まちがいない」ヴァイパーが応じた。「ヘロインに対抗して一致団結だ。命尽きるまで」

＊

一九五八年夏のある夜、〈シュナイダー・ミラー＆ブルーム〉法律事務所のダン・ミラーは、同僚がみな帰宅したあと、マディソン・アベニューの事務所にヴァイパー・モートンを呼んだ。一九四五年にヴァイパーが初めて会った痩せぎすの若い弁護士は、郊外に住む中年太鼓腹のゴルフ好きになり、夫、父親、一家の大黒柱……そして高級マリファナの密売人として成功した自分に満足していた。ミラーはまずウイスキーと葉巻を取り出した。それからたっぷり三十分かけて、成長の一途をたどるヴァイパーのマリファナビジネスを褒めたたえてから、本題を切り出した。「ヴァイパー、ロサンジェルスにナイトクラブをオープンしようと思うんだ。〈ピーウィ・ウェスト〉という名で」

「ピーウィ本人には?」

「まだ話してない。だが、彼はほとんど関与しない。うちの事務所は彼の名前をブランドとして商標登録しているしね。一方あなたには、月に二週間ほどロスに行って、われわれの同僚を手伝い、クラブ内でのゲージの事業を軌道に乗せてもらいたい」

「なるほど、ありがとう、ダン」

「要するに、あなたは経験豊富な指導者になる。あっちもしっかりしたチームだろうとは思うけれど、最初の数年間は彼らを指導してやってほしい」

「期待できそうだ」

「来週ロスに飛んでもらう予定だ。しかしもちろん、ここニューヨークでのあなたの業務を誰かにやってもらわないとな。ある若者に目星をつけている。うちのカンザスシティ事務所で働いていた。ランドール・〝カントリー〟・ジョンソンという」

「カントリー?」ヴァイパーはからかうように言った。「カンザスシティの人間が

〝カントリー〟と呼ぶなら、そいつは本物の田舎者だ」

「だろうね。でも彼は呑みこみが早い。二十一歳だ。見込みがある若者だよ。それに必要とあらば、用心棒にもなれる。賢くて魅力的で乱暴だ」

「それで、その男はニューヨークでやっていけそうなのか？」

「それはあなたが決めることだ、ヴァイパー。彼は今夜到着する。明日にでも会ってみるといい……そういうの、なんて言うんだっけ？」

「就職面接」

「それだ」

＊

翌朝十一時、ヴァイパーとピーウィはハーレムのナイトクラブの厨房でその候補者を迎えた。

「お会いできて、すごいうれしいです、ミスター・ヴァイパー、ミスター・ピーウィ」カントリーは言った。背が高くて手足が長く、大股でゆっくり歩き、熱心そうな笑顔の口元からすきっ歯がのぞく。ボックスシルエットの茶色いスーツに、幅の広いペイズリー柄のネクタイを締め、ツートーンの靴をはいていた。

「ニューヨークは初めてか、カントリー？」ピーウィが訊いた。

「北はほんと初めてです、ミスター・ピーウィ」

「じゃあ、カントリー」ヴァイパーが言った。「さっそくだが、いちばん大事な問題に入らせてくれ」

「よろしくお願いします、ミスター・ヴァイパー」

「ヘロインの人気は高まる一方だが、おれたちは売らない。きみは野心家の若者と聞いた。そんなきみがヘロインを売ろうと思ったり、ゲージの売人に売らせたりはしないということを、どうすれば信じられる？」

「そうすね、ミスター・ヴァイパー」カントリーには謙虚な誠意が感じられた。「精いっぱい誓うしかありません」

「ああ、そこが問題なんだよ、ニッガ」ピーウィが言った。「そのことばをどうやって信じればいい？」

カントリーは厨房の床に眼を落としてしばらく黙り、気持ちを落ち着かせているようだった。また顔を上げて言った。「そうすね、ミスター・ピーウィ、ミスター・ヴァイパー……おれの親父は、戦争から帰ってきたときにひどい怪我を負ってました。痛みを取り除くには、モルヒネを使うしかなかったようで、そのうち家の金を全部モルヒネにつぎこむようになって、ついには盗んでくるようにもなった。中毒です。でもって過剰摂取した。ある朝おれは、バスタブで死んでる父を見つけました。だからおれが家族を養うことになったんです。母と三人の弟や妹を支えるために。十四歳で。聞くところだと、ヘロインはモルヒネよりも悪いっていうじゃないすか。そんなクソは大嫌いです、サー。憎んじまうくらい」

そのとき、ポークチョップがスティックス・アンダーソンというドラマーと厨房に入ってきた。

「やあ、みんな」スティックスが言った。彼はみなに好かれていた。五十がらみで背が低く、丸々と太って禿げている。いつも愛想がよく、夢見ているような、心ここにあらずといった眼をしていた。「ポークチョップが来て、リハーサルから引っ張り出されたよ。今朝はみなさん、おれになんの用だい?」

「ポークチョップ」ヴァイパーが言った。「カントリー・ジョンソンだ」

ふたりは握手を交わした。「よう、若いの」ポークチョップが言った。

「お目にかかれて光栄です、ミスター・ポークチョップ」

「カントリー」とヴァイパー。「こいつはスティックス・アンダーソンだ」

「ええ、スティックスなら知ってます」カントリーの口調が突然冷ややかになった。

「そう」スティックスはまだぼんやりしているようだった。「まえにカンザスシティで会ったな」

「巡業で来たけど、あんたはひでえドラマーでしたよ、ミスター・スティックス」

「そしてみじめなジャンキーだ」ピーウィが言った。

「それがこいつの問題なのさ」ポークチョップは言った。

「おれたちの問題だ」ヴァイパーが言った「スティックスは長年うちでゲージを売ってる。だがいま、ジャンクも売ってるのがわかった」

「椅子へどうぞ、ミスター・スティックス」カントリーが冷たく言った。

スティックス・アンダーソンは急に怯えた様子で、テーブル席についた。「わかった、認めるよ。ときどき、ちょっとだけジャンクを売ったことはあるけどな、やめろって言うんならやめる」

「ええ、なんとかしましょう、ミスター・スティックス」カントリーは言った。「ジャンクの問題は、音楽より注射をやるほうがよくなることですよね。ちがいます？」

「おい待てよ、みんな」ポークチョップがさえぎった。「スティックスはやめると言ってるんだ」

「ありがとう、ミスター・ポークチョップ」カントリーは言った。「あなたに悪気がないのはわかってます。でもミスター・スティックス、両手の親指がなくなったら、ドラムスティックを握れませんよね？」

スティックスは眉をひそめ、当惑した声を出した。「親指がなくなる？」

「たぶん、代わりに静脈に針を刺してくれる人は見つかるけど」カントリーは言った。「代わりにドラムを叩いてくれる人は見つからないすね、もし両手の親指がなくなったら」

「親指がなくなる?」スティックスは怯え、困惑してくり返した。ヴァイパーを見て、次にピーウィとポークチョップをすがるように見た。「このマザーファッカーは何を言ってるんだ?」

「彼を押さえてください、ミスター・ピーウィ!」カントリーが命じた。

小柄でも屈強なピーウィは、スティックス・アンダーソンの左腕をつかんでうしろにひねった。右手首もつかみ、椅子に体をがっしり固定した。スティックスは恐怖に襲われたようだったが、抵抗はほとんどしなかった。カントリーは厨房の壁に引っかけてある肉切り包丁をつかんだ。

「右の掌《てのひら》をテーブルに置いて!」カントリーはピーウィに言った。

「本当にそんなことする必要があるのか?」ポークチョップが叫んだ。

ピーウィは拳に握ったスティックスの右手を無理やり開き、テーブルの上に押しつけた。

カントリーは頭上高く肉切り包丁を振りかざした。「あなたはドラムよりジャンクを愛してる。ですよね、ミスター・スティックス?」

スティックスは椅子で身もだえしたが、ピーウィが押さえているのでどうしようもなかった。「やめてくれ、やめて、お願いだ！」

カントリーはすばやいひと振りで、スティックス・アンダーソンの右手の親指を切り落とした。血が厨房の端まで飛んだ。スティックスはトラバサミにかかった動物のように叫んだ。「あああああーー！」

「反対の手もテーブルに！」カントリーが叫んだ。

ピーウィは言われたとおりにした。スティックス・アンダーソンは右手から血を勢いよく噴出させたまま、恐怖と信じがたい思いで眼を見開いた。左手をピーウィに押しつけられ、カントリーが肉切り包丁をもう一度高く振り上げるのを見ていた。

「やめろ！」ポークチョップが金切り声を出した。「やめろって！」彼はカントリーを止めようとしたが、ヴァイパーがその腕をつかんで引き止めた。

「お願いだ」スティックスが懇願した。「頼むからやめてくれ！」

カントリーはまたしてもすばやく正確な角度で包丁を振りおろし、スティックス・アンダーソンの左手の親指を断ち切った。ふたたび噴出した血が厨房の奥に飛び散った。

スティックスは床に倒れ、のたうちまわって泣き叫んだ。「ぐわあああーー！」

カントリーは切断された二本の親指を拾い上げた。

「この一本はおれがもらっときます」平然と言った。「もう一本はミスター・ヴァイパーに。うちのゲージを売ってるほかの連中に、ジャンクに手を出したらどうなるか教えてやってください」

「ああ、ちくしょう、ああ！」スティックスは泣き叫び、床を転がって、四本指の両手をさらなる災難から守ろうとするかのように脇の下に挟んだ。ポークチョップは棚からテーブルクロスを二枚取り出すと、スティックスの血だらけの手に巻きつけた。

「どう考えてもやりすぎだろう！」ポークチョップは言った。「おれはこいつを病院に連れていく！」

ポークチョップとスティックスは大急ぎで厨房から出ていった。

ヴァイパーとピーウィは驚いてカントリーを見つめた。カントリーは期待をこめてふたりを見つめ返した。

沈黙が続いた。そして、ようやく……。

「それで、ミスター・ヴァイパー」若者が尋ねた。「おれはどうすれば？」

「カントリー・ジョンソン」ヴァイパーは言った。「採用だ」

＊

その日の午後、ヴァイパーはカントリー・ジョンソンを銀色のキャデラックに乗せて、ニューヨークを案内してやった。一九三六年にミスター・Oが運転手のピーウィに運転させて、若き日のクライド・モートンとマンハッタンじゅうをまわったのと同じように。

「ご親切に、ほんとありがとうございます、ミスター・ヴァイパー。お忙しいとこ」

カントリーは助手席の窓から身を乗り出し、目に入るものすべてに唖然としていた——エンパイア・ステート・ビル、自由の女神、タイムズスクエア。ヴァイパーはそれらすべての光景を自分が初めて見たときの驚きを思い出した。「おれ、ミシシッピで育ったんです」カントリーは言った。「三年前にカンザスシティに引っ越したとき、そこが世界一の都会だと思った。でもニューヨークは！　なんてこった！」

「なぜきみがあんなに強く推されていたかわかったよ」ヴァイパーが言った。「これからかなり伸びる人材だな、カントリー」

「いや、そう言われるとほんとうれしいす、ミスター・ヴァイパー。あなたこそ、カンザスシティでは伝説の人ですよ」

「おれが？」

「ええ、サー。鳥肌もんのギャングでさえ、ヘロインを扱わないあなたを尊敬してる。ずっと昔、ウェスト・インディアンなんとかにあなたが何をしたか、みんな知ってます。それからバターカップとプリティ・ポールにしたことも。彼にしたことは、それほどプリティじゃなかったけどね」

「ほう？　バターカップとプリティ・ポールをやったのはマフィアだと聞いているが」ヴァイパーは言った。

カントリーはおどけた大声で笑った。「はいはい、それ以上言わなくていいす、ミスター・ヴァイパー。あなたは危険だけど、同じくらい用心深いって評判です。だってほら、あのユダヤ人ギャングに起きたことだって」

「ミスター・O？　みんなはおれがミスター・Oを始末したと思ってるのか？」

カントリーはまた笑って、手を二回叩いた。「そこまでにしときましょう、ミスター・ヴァイパー。あのユダヤ人ギャングがニューヨーク一のマリファナ売人だったことは誰でも知ってる。彼が消えたら、あなたがニューヨークでトップのマリファナ売人だ。その先は言うまでもありません、ミスター・ヴァイパー。あなたの名前は完全に尊敬されてるってことを知っといていただければ」

「それはありがとう、カントリー。そろそろハーレムに戻ろう。シーモアというなじみの仕立屋に連れていく。すっかり年をとったが、街でいちばん腕のいい仕立屋であることは変わりない。ちゃんとした服を着せてやろう。それからジェントルマン・ジャックの店に行ってきちんとしたコンクにして、ひげをあたって、マニキュアもしてもらう」

「マニキュア？　そんなのやるのはゲイだけかと思ってた！」

「成功者もだ、カントリー。きみはかなりの成功者になると思う」

「そんな、恐縮っす、ミスター・ヴァイパー」

「マキアヴェッリという名を聞いたことあるか？」

「イタ公のギャングとか？」

「ちがうちがう。フィレンツェの哲学者だ、十六世紀の」

「失礼しました、ミスター・ヴァイパー。学がないもんで」

「おれだってきみぐらいの年齢のときには知らなかった、カントリー。それはともかく、マキアヴェッリはこんな質問をしている。〝指導者にとって大事なのは愛されることか、怖れられることか〟。きみはどう思う、カントリー？」

若者はためらうことなく答えた。「怖れられることです」

「やっぱりな」ヴァイパーは言った。「きみはおれが同じくらいの歳だったときよりずっと賢い。今朝、スティックス・アンダーソンにしたことには……感心した。日が暮れるころにはハーレムじゅうにその名が知れわたるだろう。そして人々は、まだ会わないうちからきみを怖れるようになる」

「あなたが喜んでくれるなら、ミスター・ヴァイパー。おれにとって大事なのはそれだけで」

「マキアヴェッリは、愛されると同時に怖れられるのが最良だと言ったことを憶えておけ。怖れはもう打ち立てたんだから、人と会うときにはちょっとばかり魅力を振りまくといい」

カントリーはすきっ歯を見せてにっこり笑った。「はい、それならできます」

「だろうと思った」

*

〈ピーウィ・ウェスト〉は、東海岸にある本店の太陽降りそそぐ南カリフォルニア版だった。ハーレムのレノックス・アベニューが戦前の輝きをあらかた失ってしまったように、〈ピーウィ・ウェスト〉があるロサンジェルスのセントラル・アベニューも、一九五八年にはどこかうらぶれていた。セントラル・アベニューは数十年間、黒人のビジネスとエンターテインメントが栄えたハーレム中心部の全盛期を模倣してきた。〈ダンバー・ホテル〉、〈エルクス・ホール〉、〈クラブ・アラバム〉。ロサンジェルス出身のミュージシャンだけでなく、全米各地からジャズの王者たちがやってきて、こういったクラブで心ゆくまでセッションをした。〈リンカーン・シアター〉は誇らしげに〝西海岸のアポロ〟を名乗った。ロスっ子たちが〝ジ・アベニュー〟と呼んだこのあたりはもう盛りをすぎていたが、〈ピーウィ・ウェスト〉はオープンするや否や人気店になった。音楽と食事を目当てに来る客もいたが、〈ピーウィ・ウェスト〉は極上のウィードを手に入れるのに欠かせない場所という噂がまたたく間に広まった。

ある晩遅く、肩幅が広く黒髪で眠たそうな眼の白人男が、クラブの奥のボックス席にいるヴァイパーに近づいてきた。最初ヴァイパーは、警官かと思った。そのあと、ロスにいるあいだに何度も抱くことになる感覚を抱いた。この人物を知っている、よく知っている顔だという思いだ。

「坐っても？」眠たそうな眼の男はのんびりと言った。

そこでようやくヴァイパーは気づいた。そうか、たしかに知っている顔だと思ったら、いつも巨大に引き伸ばされた白黒の映像スクリーンで見ているのか、と。

「どうぞ坐ってください、ミスター・ロバート・ミッチャム」

「ミッチでいいよ、リーファーマン」

その俳優との出会いはすばらしい関係の始まりだった。翌年にかけてヴァイパーは、月に二週間のロサンジェルス滞在中に、ハリウッドでもっとも悪名高いマリファナ常習者たちが集まるプールサイドパーティの常連になる。

*

一九五九年の秋には、ハーレム本店の〈ピーウィ〉でカントリー・ジョンソンがかなりの実務を引き継ぎ、ピーウィ自身はグリニッチ・ヴィレッジですごすことが増えていた。ヴィレッジでは、彼らの商品であるカリフォルニア・ゴールドが、ビートニク（第二次世界大戦後のアメリカでの文学活動ビート・ジェネレーションの思想や行動様式に影響を受けた人々）のあいだで爆発的に流行っていた。ピーウィは、ブリーカー・ストリートにある〈キアロスクーロ〉コーヒーハウスの共同オーナーにもなっていた。ヴァイパーはある夜、ロスの仕事を終えて空港におり立ったその足で店に立ち寄った。店内は客でごった返していた。顎ひげを生やした黒人の詩人が、小さなステージ上のマイクに向かって、耳障りなビバップのフレーズを唱えていた。

もし通りで見かけた
男が
人混みを歩きながら
大声で
ひとりごとを言ってても

逃げちゃいけない
背を向けるな
駆け寄ってみろ
そいつは詩人だ！
怖れるべきは
詩人じゃなく
真実だから

観客は拍手を送る代わりに指を鳴らしていた。マイクを握っているのはテッド・ジョーンズ。チャーリー・パーカーの親友で、妻のチャンに蹴り出されたバードを引き取り、ジャンクから引き離そうとまでした男だった。テッドは店内にいるヴァイパーに気づいて、軽く敬礼した。

ピーウィの妻の上流階級ワスプ（白人アメリカ人プロテスタント）で自由人のサリー・アン・ホイットマン・ロビンソンが、ヴァイパーのほうに歩いてきて、両頬にキスをするヨーロッパふうの挨拶をした。「しばらくぶりじゃないの、あなた」サリーは茶目っ気をにじませて言った。〈キアロスクーロ〉の赤煉瓦の壁には絵画がびっしりと飾られ、そのほとんどはサリーと友人たちの作品だった。

「やあ、サリー。変わりない?」

「変わったといえば、新作が山ほどあることかしら。絵を買う気はない?」

「ぜひとも、サリー、あんたの作品をひとつもらおうか」

サリーはヴァイパーの手をとり、部屋の隅にかかっている色あざやかな染みが散った大きな絵のまえに連れていった。

「これなんか好きそうだけど」と彼女は言った。「〝二十三番〟って作品よ」

「このニガーに文明を教えようとしても無駄だぞ、サリー」ふいにピーウィがウィードの取引をする奥の部屋から出てきた。

「よう、元気か、ピーウィ?」ヴァイパーは言った。

「ママ、パパがまたあのことば!」ブロンズ色の肌とモップのような金髪の巻き毛の十二歳の少女が、夜はバーになるコーヒーカウンターの裏から飛び出してきた。ウェンディ・ロビンソンだ。ウェンディとそっくりな十一歳の弟、ピーター・ジュニアもその背後に現れて、調子を合わせるように父親を責めた。

「そのことばは使わないって言ったよね、パパ!」

学校がある平日の夜なのに、ピーウィとサリーの愛らしい子供たちはコーヒーハウスをうろついていた。

「この子たちの言うとおりよ、ピーウィ」とサリー。「お手本を示して」

「わかった、わかった。勘弁してくれ。汚いことばはやめる。でも、ちょっと向こうに行っててくれないか、おれはこのニガーに用があるんだ」

「パーーパ！」ウェンディとピーター・ジュニアが甲高い声で叫んだ。

「事務所に来てくれ、ヴァイパー」ピーウィが言い、ふたりは奥の部屋に入った。

ピーウィはドアを閉めると、ジョイントに火をつけてヴァイパーに渡した。「ロスはどうだった？」

「あんたと同じだよ、ピーウィ、いつでも流行に敏感さ」

ピーウィはここ数年でスタイルが変わっていた。髪をストレートにするのをやめ、フェドーラからベレー帽に、ズートスーツから黒のタートルネックとジーンズと革ジャケットになった。

「そうか、ヴァイパー」ヒップスターの小男は言った。「けどおまえは一九四〇年代のままだな。いつになったらそのコンクとおさらばするんだ？」

「誰かがジェントルマン・ジャックの商売《グルーヴィング》を支えないと。ハーレムはどんな具合だ？」

「最後に確認したところでは、すべていい調子だ。そういえば、カントリーは演目の組み立ても手伝うようになった」

「そう聞いた」

「明日の夜はクラブに行くか？」

「もちろん」

「おれも行く」

＊

「ワッ、バッパ、ルー、バッパ、ロッ、バン、バン！」

紫のサテンスーツとそびえ立つリーゼントヘアのリトル・リチャードが、〈ピーウィ〉のステージで甲高く叫んだ。客で満員の店は熱に浮かされたようだった。ヴァイパーはピーウィ、ポークチョップ、それに今夜のヘッドライナーを押さえたカントリー・ジョンソンと、隅のテーブルについた。

「ロックンロールはいまアツいんです、ミスター・ヴァイパー」騒音に負けじとカントリーが怒鳴った。「観客を見てください。みんなこいつが大好きだ！」

「ここはジャズクラブのはずなんだがな」観客の咆哮のなかでポークチョップの声がかろうじて聞こえた。ポークチョップがバンドリーダーであることは変わらないが、クラブの客足は落ちてきていた。もちろんリーファーを買いに来る客は絶えないものの、彼らが店に残って音楽を聴いていくことはなかった。

「いまだってジャズクラブさ」ピーウィは言った。「だが、カントリーは正しい。たまにはロックンロールを演目に入れよう」

　ポークチョップは、初対面でカントリーがスティックス・アンダーソンの親指を切り落として以来、この若者を警戒していた。

「おまえはいいと思うか、クライド？」

　ヴァイパーは間を置き、聞けば旧友が傷つくだろうと承知のうえで正直な意見を述べた。

「店のレジには逆らえないさ、ポークチョップ。カントリーの言うとおりだ。みんなこいつが大好きだ」

　ポークチョップは眉根を寄せ、言いたいことを呑みこんだようだった。

「ありがとうございます、ミスター・ヴァイパー」カントリーが言った。「ありがとう！」

　ステージでは、リトル・リチャードがくるくるまわって叫んでいた。

「ワッ、バッパ、ルー、バッパ、ロッ、バン、ブーン！」

＊

「んー、うーーん！」ランドール・〝カントリー〟・ジョンソンがうなりながら豚足やカラードグリーンやチタリングズ（豚の大腸の煮込み）を堪能していた。「いやこれ、ものすごーくうまいっす！ ミスター・ヴァイパー。ありがとうございます、サー」

　ヴァイパーはカントリーが貪り食う様子を見て微笑んだ。ヴァイパーのほうは、いちばん好きなメニューのバーベキュー・スペアリブとコーンブレッドを味わっていた。カントリーにはだいぶまえに、〝ミスター〟とか〝サー〟をつけるのをやめてくれと言ったのだが、礼儀正しさは南部から来たこの弟子《プロテジェ》の第二の天性なのだと、いまでは納得していた。カントリーはそうやってヴァイパーに敬意を示すことを愉しんでいて、じつのところ、四十二歳になったヴァイパーもまんざらでもないと思うようになっていた。

　ハーレムに来てから十五カ月で、カントリーはいろいろな意味で都会的になった。しゃれたオーダーメイドのスーツ（よぼよぼのシーモアが仕立てた）に身を包み、ボスと同じように手首にはロレックスをつけ、二台のキャデラックを乗りまわしている。こちらはゴールドとミッドナイトブルーだ。とはいえ、ゆったりした歩き方とすきっ歯の笑顔のおかげで、この無慈悲な若いギャングはまだ庶民的な魅力を振りまくことに成功していた。田舎まる出しの話し方もそのままだ。

　ヴァイパーとしても、〈レッド・ルースター〉にカントリーを連れていけば、ある種の公式発表になることはわかっていた。夜も更け、レストランは満席でにぎわっていた。カントリーには、この一年と四半期のあいだ、事業に欠かせない働きをしてくれたことに感謝の意を示したかった。ゲージの売人たちにジャンクを売らせないようにしたことから、ロックンローラーのリトル・リチャードを引っ張ってきたこと、クラブの演目変更に貢献したことに至るまで、カントリーは期待を上まわる成功を収めた。〈ルースター〉くらいハーレムで名高い店でヴァイパーとカントリーが食事をすれば、二世代にわたるリーファーマンが尊敬され、怖れられているという事実を強く印象づけることになる。

近くのテーブル席に、カウント・ベイシーと取り巻きたちがいた。著名なピアニスト兼バンドリーダーは、ヴァイパーと眼が合うと敬意をこめて会釈をした。ヴァイパーも会釈を返し、ふと、昔から崇拝してきた人物にこれほど敬意を払われるのがあまりに現実離れしている気がした。王とも称されるふたりの偉人、カウント・ベイシーとデューク・エリントンは、ヴァイパーのなかで特別な場所を占めていた。目まぐるしく変貌するジャズ界の長期戦で生き残った彼らは、三十年以上たったいまもビッグバンドでスウィングを続けている。ベイシーによれば、時代に合わせてビバップの変革も〝理に適っているなら〟歓迎するそうだ。

ベイシーはこのところずっと五十二丁目通りで演奏しているが、多くのジャズメンと同じく、アップタウンで仲間と食事をしてくつろぐのが大好きだった。ヴァイパーはTボーンステーキにナイフを入れるベイシーの手に気づいた。手の甲と掌は肉厚だが指は美しく長い。カウント・ベイシーの手から、ソウルフードを貪るカントリー・ジョンソンに視線を戻すと、スティックス・アンダーソンの姿がヴァイパーの脳裡《のうり》をかすめた。

ハーレムに到着した日の朝、カントリー・ジョンソンはスティックスの親指を切り落として一躍有名になった。ポークチョップ・ブラッドリーはスティックスを大急ぎで病院に連れていき、止血後に包帯を巻いてもらった。スティックスはその日のうちにグレイハウンド長距離バスに乗り、街を離れて南へ向かったが、その後の消息は不明だった。ヴァイパーがカントリーを連れて〈レッド・ルースター〉で食事をしたのは、万が一疑う者がいたときのために、この乱暴な若い用心棒が自分の完全な庇護下にあることを知らせるためでもあった。

「気に入ってくれてよかった、カントリー」ヴァイパーは言った。

「ああ、はい」カントリーは食べ物を口いっぱいに頰張ったまま言い、シャツの襟によだれかけのように押しこんだナプキンで油まみれの唇を軽く押さえた。「故郷の味がします」

ヴァイパーは微笑んだ。ふと好奇心が湧いた。「ホームシックにはならないのか?」

若いギャングは口をつぐみ、そのことを初めて真剣に考えたような顔になった。

「いえ、サー、そうでもないっす。ハーレムに来てまだ一年かそこらだし。忙しすぎて故郷を恋しがる暇もないくらいで。でも母には毎週、電信で金を送ってます。あなたのおかげです、ミスター・ヴァイパー」

「礼には及ばない、カントリー。きみがくそ忙しく働いて稼いだ金だ。こちらこそ感謝してる」

「あなたはどうなんです、ミスター・ヴァイパー？」

「ん？」

「ホームシックには？」

「ああ、もう二十年以上たったからな、ハーレムが故郷みたいなもんだ」

「出身はどちらで？」

「アラバマ州ミーチャムだ」

「お互い、はるばる南からやってきましたね、ミスター・ヴァイパー」

「そうだな、カントリー」

そのとき、水玉のワンピースを着た豊満な褐色肌の美女が、テーブルのそばをゆっくり通りすぎた。ありえないほどエステラにそっくりだった。遠い昔、ヴァイパーに〝ハーレムで最初のプッシー〟をくれたあのエステラ——黄色い眼のジャンキーになり果てるまえの、自分のゲロで喉を詰まらせて死ぬまえの、あのエステラに。美女がまつ毛をしばたたかせて弟子に放ったことばを聞いて、ヴァイパーはぶるっと震えた。

「こんにちは、キラー」

カントリーはすきっ歯を見せてにっこりした。「やあ、ベイビー。バーで待ってて。夕食のあとでな」

美女が体をくねらせてバーへ去っていくと、ヴァイパーは横目でニヤリとした。

「もてるんだな」

「ええ、ミスター・ヴァイパー」カントリーは片眼をつぶった。「よく働き、よく遊べ。そう言いますよね」

「きみくらいの歳だったころのおれのモットーだ」

「あなたのあとを追ってるなんて光栄です、サー」

ふたりはしばらく心地よい沈黙のなかで食事を続けた。やがてカントリーが口を開いた。

「ひとつ個人的な質問をしてもいいですか、ミスター・ヴァイパー？」

「質問による」

「なぜ結婚しないんです？」

ヴァイパーはくすっと笑った。「これぞという女にめぐり会ってないからだろうな」

「ほんとに？　ひとりも？」

「まあ、ひとりいたかな。何年もまえのことだ。彼女はハーレムを出ていった。いまは遠くに住んでる」

「そうなんすね。ほかには誰も？」

「見つけたくなかったんだと思う」

カントリーは黙り、考えながら口のなかのものを噛んで、ゆっくり飲みこんだ。「心が傷ついてます？　ミスター・ヴァイパー」

その質問にヴァイパーは驚いた。誰ひとり、ポークチョップでさえ、その質問はしていなかった。ヴァイパーは少し考え、正直だと思う答えを返した——

「いや」

9

長い昂揚感《ロング・ハイ》。一九六〇年なかばの五カ月間をヴァイパーはそう考えるようになった。それは夢のような高みにのぼった時期で、ハーブを吸っていてもいなくても、緊張と上の空、鋭敏と無感覚がたびたび同居し、その瞬間に起きていることに強く同調しながら、ほかのはるかに重要な何かには気づいていないような、ふとしたときに愕然とする昂揚感のなかで生きていた。〝ロング・ハイ〟は、意識と存在の新たなレベルに達したかのように、卓越した高みにいる感覚だった。結局のところ、それもほかのハイとなんら変わらず、長く続くはずはなかったのだが。

始まったのは一九六〇年四月だった。〈シュナイダー・ミラー&ブルーム〉の自己満足したシニア・パートナー、ダン・ミラーが、また時間外の打ち合わせのためにヴァイパー・モートンを事務所に呼び寄せた。そしてまた、手始めにウイスキーと葉巻を取り出した。

「ヴァイパー、あなたのすばらしい業績はいくら褒めても足りないくらいだ。われわれのマリファナ事業はこの二年で大きく広がった。ソノマ・ヴァレーの農園は一大産業に成長して、数百人ものメキシコ人出稼ぎ労働者が常時収穫している。しかも相変わらず需要が供給を上まわっている。そこでだ、多角化を進めようと思う。パリにピエール・マルシャンという弁護士がいて、インドシナからのサプライチェーンを確立できるというんだ。パリで彼と会ってもらえないだろうか。品物を試して、可能性を検討してきてもらいたい」

「パリ?」ヴァイパーは言った。「いつ?」

「明後日の飛行機を予約した」ダン・ミラーは言った。「何週間か滞在してかまわないよ。ワーキング・バケーションというやつだ。あなたはそれに値する仕事をした」

パリ。ヴァイパーはミラーの事務所を出た瞬間から四十八時間後に飛行機に乗るまで、まるで魔法にかかったような心地だった。〝ロング・ハイ〟の始まりだ。パリに行けば、ヨランダに会うことはわかっていた。それは避けられない。十二年ものあいだ抑えこんできた記憶が頭のなかで渦巻いた。

しゃれたベージュのカシミアのコートを着て、リヴァーサイド・パークのベンチで彼の肩に頭をのせてきたヨランダ。

格子柄のバスローブ姿で、ヴァイパーとプリティ・ポールのためにステーキと卵とコーングリッツの朝食を作っているヨーヨー。

公園で再会した、青あざの左眼が腫れてふさがっていたヨーヨー。

レディ・アテナの美容室の上階で、夫が亡くなったと告げたヨーヨーを腕に抱きしめたときの感触と、官能的なにおい。

黒いサングラスと喪服で、セント・ピーターズ教会に寡婦の悲しみの歌を響かせたヨランダ。

ヴァイパーの部屋でパリに行くと告げたヨーヨー。

そんな記憶をすべて心の抽斗に鍵をかけてしまっていた。いまその抽斗が勢いよく開き、万華鏡さながらヨランダ・デヴレイの姿が立ち現れた。〈アポロ・シアター〉の観客を魅了し、拍手の洗礼を受けて輝くヨランダ。ヴァイパーのベッドで身をくねらせる裸のヨランダ。メイドの制服に血をつけ、手に短刀のような武器を持ち、野良猫のようにうなりながら、ミスター・Oの寝室でうずくまっていたヨランダ。

この十二年間、もしヨランダのことを少しでも考えていたら、彼女は空想の産物になっていたことだろう。しかし、パリでまた会えることがわかった〝ロング・ハイ〟の始まりのこのとき、彼女はそこにいるかのように鮮明に見えた。

＊

金曜の午後、ヴァイパーはパリにおり立った。空港では制服の運転手が出迎え、〈リッツ・ホテル〉のスイートルームまで彼を送り届けると、三十分ほどの休憩を挟んで再度車に乗せ、待ち合わせ場所であるシャンゼリゼ通りのピエール・マルシャンの法律事務所に走った。

「ようこそ、ムシュー・クライド・モートン」痩せた銀髪の弁護士が言った。「ついにお会いできて、たいへん光栄です」

「初めまして、ミスター・マルシャン」

「パリは初めてですか?」

「ヨーロッパ自体が初めてです」

しばらく世間話をしていると、あでやかな秘書が銀の大皿を持って入ってきた。そこには上品な木製パイプと金色のライター、そしてマリファナがたっぷり入った小さな陶器のボウルがのっていた。

「タイ・スティックと呼ばれます」マルシャンは言った。「もちろんタイ製です。お試しください」

ヴァイパーは火をつけ、大きく吸いこんで吐き出し、舌で味わってから効いてくるのを待った。ああ、これだ……。

この瞬間から、すでに感じていた〝ロング・ハイ〟はタイ・スティックの昂揚感によってさらに強まった。

「私たちはアジアの茶の輸出業者から仕事を依頼されています」マルシャンはパイプを吸った。「アメリカにマリファナを輸送するにはもってこいの手段です」

「いい商品だ、ミスター・マルシャン」

「ピエールと呼んでください」

「こちらはヴァイパーと」

「パリ観光でもいかがです？」

運転手はピエール・マルシャンとヴァイパーを乗せて街じゅうをまわった。クライド・モートン——ジョージア州スプーナー生まれでアラバマ州ミーチャム育ち——は眼をみはった。十九歳のころ、ピーウィとミスター・Oの案内でロールス・ロイスの後部座席からニューヨークを見たときの気持ちがよみがえった。マルシャンの運転手がつややかなシトロエンDSを操って並木の大通りを走り、湧き出る噴水のまえを通りすぎているあいだ、ヴァイパーは口をあんぐり開けないように努力した。映画でしか見たことのない眺めに見入りながら、あたかも映画のなかにいる気分になった——エッフェル塔、凱旋門《がいせん》、ノートルダム大聖堂。車の後部座席でマルシャンとまたタイ産のマリファナを吸った。〝ロング・ハイ〟はクールに、だが容赦なく、なめらかに、爽快に、強さを増した。

「夕食は伝統的なフランス料理にしましょうか」マルシャンが言った。「行きつけのレストランですが。エスカルゴに鴨のコンフィ、おいしいワインと香り高いチーズ。いかがかな、ヴァイパー？」

「もちろん〝ヴィ、ウィ、ピエール〟です」

「そのあとはジャズクラブに行きましょう。サンジェルマンにある〈シェ・レミー〉です。オーナーのレミー・アルノーをご存じでしょう」

来た。このときが来ると思っていた。

「ええ、知っています」

「車と運転手は自由に使ってください。ところで、今夜出る歌手ですが、しょっちゅうあなたの話をするんです。憶えておられるかな、ニューヨーク出身の。ヨランダ・デヴレイという」

「ええ、ピエール。憶えています」

＊

ヴァイパーとマルシャンがジャズクラブに到着したのは深夜だった。席につくとすぐに、ヨランダ・デヴレイがステージに上がった。ヨーヨーはしばらくヴァイパーをまっすぐに、情感をこめて見つめていた。それから口を開いて歌いはじめた。

ヨーヨーは三十九歳。もう若くはないが、かつてなく美しく、つややかな黒いドレスに包まれた体は光を放っていた。本物のスターとなったいま、女盛りを迎えていた。まっすぐヴァイパーを見つめて歌うその声は、変わらず荒々しく、天使のようにやさしく、痛みに満ちているが、いまはそこに何か別の質が加わっていた——賢さを身につけ、物事の暗い面を知り、祝福と悲劇と謎に包まれた人生を受け入れているような。セットを終えて観客がいっせいに拍手を送ると、ヨーヨーはステージからヴァイパーのテーブルの空いた椅子へ滑空してきたように見えた。ピエール・マルシャンも、給仕も、客も、司会者やほかの演者たちも、そこにいる彼女以外のあらゆる人が消え失せた。

〝ロング・ハイ〟の真の始まりだった。またたく間に封印が解けてよみがえる記憶、映画のなかのようなパリの輝き、タイのドープの威力、ヨランダの姿と声、また眼のまえに現れた美しくも危険な、甘美な肉体を持った彼のヨーヨー。それらが組み合わさって、ヴァイパーはいきなり大声で笑いだしそうな、あるいは声をあげて泣きだしそうな、どうしようもない気持ちに圧倒された。

「クライド、あなたがパリに来るのをずっと待ってたのよ」ヨーヨーが言った。「手紙は届いた？」

「開けずに全部捨てたよ」ヴァイパーは正直に答えた。

「そうじゃないかと思った」ヨランダはヴァイパーの手を取った。「わたし、本当に馬鹿だった、クライド。赦してくれる？」

「そうしたい」

「どこかに連れてって、クライド。いますぐ」

ピエール・マルシャンは〈シェ・レミー〉に残り、運転手はヴァイパーとヨーヨーを〈リッツ〉のスイートに送り届けた。抱き合うのは二回目だった。やさしく情熱的で、ヴァイパーの記憶どおり、天上に駆けのぼる気分だった。ヴァイパーはヨランダと体をからませて、深い眠りに落ちた。

*

「クライド、起きて、クライド」

ヴァイパーは眼を開け、前夜のあれは夢だったのかと思った。いや、夢ではなかった。ヨランダが〈リッツ・ホテル〉の白いバスローブを着てベッドの端に坐っている。太陽の光が薄手のカーテン越しに降り注いでいた。

〝ロング・ハイ〟はまだ始まったばかりだった。

「ルームサービスでコーヒーとクロワッサンを頼んだ」ヨランダは言った。「起きてよ、ベイビー。この素敵な街を案内してあげる」

それから二週間、ヴァイパーは毎日ピエール・マルシャンと打ち合わせをして、アジア産のマリファナをアメリカに送る新たな事業の計画を進めたが、ほとんどの時間はヨーヨーとすごした。〈カフェ・ド・フロール〉や〈レ・ドゥー・マゴ〉、〈ラ・クポール〉で、彼女から友人やファンなどたくさんのパリジャンを紹介された。

ふたりは改めてお互いをよく知ろうとした。というより、もしかしたら真にお互いを知ったのは……初めてだったかもしれない……。

「クライド、あなただけがわたしのことを本気で気遣ってくれた」ある午後、〈パレ・ロワイヤル〉の中庭のベンチで体を寄せ合いながら、ヨーヨーが言った。「あなただけだった。ごめんなさい、わたしはあまりにも若くて愚かで、そのことがわからなかった」

ヨランダはヴァイパーを、リュクサンブール公園やテュイルリー宮殿へと案内した。ルーブル美術館や、ほかにもいちいち名前を憶えていられないほどたくさんの美術館にも行き、美術のことを彼にあれこれ教えはじめた。

「持論があるの」彼女は言った。「画家とジャズミュージシャンについて。聞きたい？」

「聞きたいな、ヨーヨー」

「ルイ・アームストロングとデューク・エリントンは、ルノワールとモネみたい。カウント・ベイシーはドガね。チャーリー・パーカーはファン・ゴッホでしょ、もちろん。ディジー・ガレスピーはゴーギャン。セロニアス・モンクはセザンヌ。マイルス・デイヴィスはピカソで、ジョン・コルトレーンはマティスってとこかしら。わかる？」

「よくわからない、ヨーヨー」ヴァイパーは笑ったが、彼女が持論なるものをあまりに真剣に話すので、胸がいっぱいになった。「もっと教育してくれ」

ヴァイパーはほとんど毎晩、〈シエ・レミー〉でヨーヨーのステージを観た。ふたりで遅い夕食をとり、それから〈リッツ〉に戻って愛し合った。

このとき、ヴァイパーは和解の気持ちと達成感で満足していた。ヨーヨーは彼に与えた苦しみをすべて贖《あがな》った。このロマンティックなパリでのひとときは、昔のあらゆる傷を癒してくれた。ヴァイパーはすべてを赦した。彼はニューヨークに戻る。ヨーヨーはパリに残るだろう。そしてたぶん――十二年前の腹立たしいヨーヨーの提案どおり――ときどき会いに来ることになる。仕事でこの街を訪れるときに……。

だが、そうはいかなかった。〝ロング・ハイ〟はまだ続く運命だった……。

「クライド」ある夜、〈リッツ〉のベッドで互いの腕のなかにいるときに、ヨランダが言った。「わたし、ニューヨークに帰りたい。あなたといっしょに向こうで暮らすの」

「どうして？　このパリで自立して立派に暮らしてるじゃないか」

「ホームシックなのよ、クライド。ハーレムが恋しい。みんなが恋しい。フライドチキンとコーンブレッドも。そしてあなたが恋しい、クライド。あなたといっしょにいたいの」

「いいか、ヨーヨー。おれは十二年間、きみのことを心から締め出してきた。この二週間は夢のようだったが、アメリカでのおれの暮らしは……また別だ。それに、おれたちふたりの過去は……その……」

「わたしを信用できるかどうかわからない。それはそうよね、クライド。でも見てて。もう心づもりはできてるの。帰ることにも。あなたと暮らすことにも」

＊

ヨランダとニューヨークに戻った一九六〇年五月、ヴァイパーの〝ロング・ハイ〟はさらに強くなっていた。ハイになって至福を味わいながらも、誰もがそうであるように、ある事柄に関しては頭が冴《さ》えていた。ヴァイパーは、シュガー・ヒルのエッジコム・アベニューにあるアール・デコ調の豪華なアパートメントに戻ったが、ヨランダは、レノックス・アベニューに所有しているブラウンストーンの昔の部屋に住まわせることにした。ヴァイパーにはまだいっしょに暮らす心づもりができていなかった。

「わかるわ、クライド」ヨランダは言った。「急ぎたくないんでしょ。でも時間はある。残りの人生ずっとね」

帰った翌日、ヴァイパーはピーウィ、ポークチョップ、カントリーをナイトクラブに集めた。

「なんだって？」ピーウィは甲高い声で毒づいた。「ヨランダがハーレムに戻ってきた？」

「そうだ」ヴァイパーは言った。「おれは彼女のマネジャーになる。ここでポークチョップのバンドといっしょに歌わせたいんだ」

ポークチョップは大喜びした。「いいじゃないか、ヴァイパー！　これでジャズファンを取り戻せるぞ」

「きみのロックンロールの演目とうまく調整できるといいんだが、カントリー」

「こっちはぜんぜん問題ありませんよ、ミスター・ヴァイパー」カントリーはすきっ歯を見せてニヤリとした。

「段階的に売りだそうと思ってる」ヴァイパーは言った。「四カ月はここで歌わせる。秋になったら五十二丁目通りでライブをやる。年末には初のアルバムを収録する」

「すべて計算ずみってわけか、え、ヴァイパー?」ピーウィが言った。「けどよ、国外からの新しい品をさばいて、ニューヨークの店と〈ピーウィ・ウェスト〉もまわしながら、どうやってマネジャーまでやるつもりだ?」

「ニューヨークの業務はもっとカントリーにまかせられると思う。どうだ、カントリー?」

「もちろんす、ミスター・ヴァイパー。まかしてください!」

「ところでヴァイパー」ピーウィは言った。「あいつとやってるのか?」

「ピーウィ!」ポークチョップが叫んだ。

ヴァイパーとピーウィは睨み合った。「もしそうだとして」ヴァイパーは冷静に言った。「何か問題でも?」

「おれにはないさ。けど、おまえにはあるかもな」

＊

過去がすさまじい勢いで現在に押し寄せてきた。〝ロング・ハイ〟の影響下で、ヴァイパーにはすべてが理に適っているように感じられた。かつてのミスター・Oのクラブで、彼の元運転手のピーウィが新オーナーとしてステージに上がり、一週間前にパリから戻ったばかりのジャズシンガーとして、ミスター・Oの元使用人で性奴隷でもあったヨーヨーを紹介する。それを目《ま》の当たりにして、ヴァイパーはすべてに宇宙の摂理、あるいは必然性を感じた。店内は立ち見のみだった。ヨランダの評判はすでに知れわたっていたのだ。

「いやあ、このクラブでこんなにたくさんの人を見るのは、リトル・リチャードのステージ以来だよ」司会者は上ずった声で言った。「バロネス・ド・コーニグズウォーターまでおいでになって！　調子はどう、ニカ？　さて、みなさんの多くは若すぎて今夜の主役を憶えていないかもしれないな。でもおれは憶えてるよ。ありとあらゆるくだらないことを。本人は忘れたいかもしれないけど。まあ、そんなことはどうでもいい。紹介しよう。四〇年代のハーレムに名を馳せた魔性の女《ファム・ファタール》、パリから戻ったばかりのヨランダ・デヴレイ！」

ヨランダは少し緊張気味にピーウィからマイクを受け取った。「こんばんは、みなさん。今夜は来てくれてありがとう。ああ、本当にたくさんの想いがこみ上げます。わたしは十二年間、ここを離れていました。そして……そうね、心の内をすべてお話しすることはできないので歌います、みなさんのために」

ヨーヨーが歌うと、またたく間に観客は酔いしれた。すばらしいステージだった。ヨーヨーはステージからおりると、ヴァイパーの体に腕をまわした。長い年月の果てに、ヨーヨーがヴァイパーの、彼だけのものになったことをみなが知ったのはこのときだった。

「ありがとう、クライド」しっかり抱き合いながらヨランダはヴァイパーの耳元にささやいた。「二度目のチャンスをありがとう」

＊

〝ロング・ハイ〟のあいだ、ハーレムは輝いて見えた。まるでヨランダ・デヴレイがレノックス・アベニューにちょっとした魅力を持ち帰ったかのように。ヨランダはまたレディ・アテナとの友情を温め、美容室の女の子たちに冒険に満ちたパリの日々を話して愉しませた。

ジャズファンがこぞって〈ピーウィ〉に戻ってきた。だが、ピーウィ本人は、自分の名がついたクラブでヨランダが歌う夜は、かならずと言っていいほどグリニッチ・ヴィレッジですごした。

そこから三カ月、ヴァイパーとヨランダはいわば決まりきった快適な生活に落ち着いた。ヴァイパーのアパートメントはシュガー・ヒル。ヨランダの住まいはレノックス・アベニュー。ヴァイパーはひと月に二週間、ロスですごす。そしてふたりですごすときにはいつでも、どの瞬間にも〝ロング・ハイ〟の激しい感情と情欲のエネルギーに満たされていると感じた。

ある日の午後、ヴァイパーがジェントルマン・ジャックの理髪店で髪をストレートにして店から出ると、入れちがいにカントリー・ジョンソンがコンクをかけに歩いてきた。

「ミスター・ヴァイパー」カントリーは訳知り顔でニヤリとした。「ミス・ヨランダ。あの人なんですね？　遠くに行っちゃった彼女っていうのは」

ヴァイパーはカントリーの推理に妙に感動した。若い弟子が本当に喜んでいるように見えることにも。

「ああ、カントリー」ヴァイパーは言った。「そうだ」

「おめでとうございます」カントリーはウインクした。「トロフィ・ワイフってやつですね」

「ありがとう、カントリー」ヴァイパーは照れくさそうに笑った。

ロング・ハイ。もしかしたらそれは、世に言う恋に落ちることだったのかもしれない。

八月下旬のある夜、ヴァイパーがレノックス・アベニューのアパートメントに行くと、赤ワインのボトルと、チーズやソーセージが盛られた木の大皿がのったテーブルの横に、ヨランダが立っていた。

「見て、クライド。ダウンタウンで素敵な店を見つけたの。フランスのものばかり置いてるのよ！」

ヴァイパーは奇妙な形のナイフに眼をとめた。刃が鋭利で先が細く、持ち手は角《つの》でできている。「それはいったいなんだ？」

「ライヨール・ナイフよ。フランスのオクシタニー地方で特別に作られるの。きれいだと思わない？」

「たしかに。何かのお祝いか？」

「もったいぶらないでよ、クライド。今日〈クラブ・ダウンビート〉から電話があった。十月の一週間まるまる、わたしの出演を入れてくれたのね？」

「きみの努力の賜物だ」

「ああ、クライド。新しい人生をありがとう！」

ふたりはフランスのワインを飲み、フランスのチーズとソーセージを食べ、ひと晩じゅう甘い愛を交わした。〝ロング・ハイ〟が永遠に続くかのようだった。

＊

翌日、ヴァイパーはまた二週間のロスでの業務のために旅立った。滞在中の最後の五日間、ヨーヨーは電話をかけてこなかった。おかしい。ヴァイパーのほうから何度かかけてみたが、出なかった。やはりおかしい。心配するようなことは何もないと自分に言い聞かせたが、ニューヨークに着くころには、ひどく取り乱していた。

ヴァイパーがレノックス・アベニューのヨランダのアパートメントに入ったのは真夜中だった。リビングは暗く、寝室の明かりだけがついていた。

ヴァイパーは危うく叫びそうになった。ベッドでヨーヨーがブラとパンティだけで横たわり、眼を閉じていた。

ナイトテーブルにはキットがあった。シリンジとあぶったスプーン、ゴムチューブ、ライター、そして何も入っていないワックスペーパー。

ヨランダの左腕に注射痕があった。尿のにおいがする。失禁していた。

体に腕をまわすとまだ温かかったのでほっとした。呼吸はある。

ヴァイパーは毛布で彼女の体を包み、抱えて階下におり、外の通りに出た。

人々は、ブラウンストーンの正面に駐まった黒いキャデラックにヴァイパーが急いで何かを積みこむのを見た。見物人たちは、エンジンをふかして走り去る車をあっけにとられて見送った。

ヴァイパーはヨーヨーを腕に抱いてハーレム・ホスピタルの救急外来に駆けこんだ。

医師や看護師がすぐに彼女を閉まったドアの向こうに連れていった。それから三時間、ヴァイパーは待合室を歩きまわっていた。やっと医師が出てきた。

「ミスター・モートン」彼が言った。「まだ意識は戻りませんが、容態は安定しています。もう大丈夫でしょう」

ヴァイパーはどさりと椅子に沈みこんだ。安堵して、疲れきって、混乱していた。どうして？　なぜこんなことに？

午前四時ごろ、カントリー・ジョンソンがやってきた。

「大丈夫ですか、ミスター・ヴァイパー？　聞きました。彼女、もういいんすか？」

「ああ」ヴァイパーは答えた。「医者はもう大丈夫だと言った。それにしても……わからない。ヨーヨーは注射をやってなかったのに」

カントリーは口を閉じ、しばらく床を見つめていたが、また話しだした。

「ミスター・ヴァイパー、たぶん先週かその少しまえからだと思います。クラブが引けたあと、ミス・ヨランダがピーウィと話しているのを見かけました」

「ピーウィ？」

カントリーはためらいがちに、注意深くことばを選んで続けた。「ずっと疑ってたんです、ミスター・ヴァイパー。この夏じゅうずっと。確かじゃないんで言いたくなかったんですけど、ミスター・ピーウィはヘロインを売ってると思います。ミス・ヨランダにジャンクを売ったのも彼にちがいない」

カントリーの言ったことを理解すると、ヴァイパーは病院のロビーの公衆電話に歩いていき、クラブに電話をかけた。ピーウィが出た。五時に屋上で、ふたりだけで会うことになった。

＊

ヴァイパーとピーウィはハーレムの通りをはるか下に見おろす屋上で対峙《たいじ》した。鳩が鳴いていた。カモメが頭上で鋭い声をあげた。運搬トラックが六階下の通りを走っていく。

「嘘はなしだ、ピーウィ」

「嘘なんか言わないさ、ヴァイパー。ジャンクを売ったことはある。いろんなとこで少しずつな。だが、ヨランダに売ったことは一度もないぞ」

「あんたが彼女にヘロインを売ってないと、どうして信じられる？」

「おまえはあのイカれたビッチに惑わされてるだけだ！　あいつがなぜパリでおまえに飛びついたと思ってる？　向こうでの仕事は行きづまってた。レコーディングの契約を取りつけるためにおまえを利用しただけだ。こっちで名を売るためにな」

「あんたは二十年前に彼女に振られたことが赦せないんだ」

「そのくだらん目を覚ませよ、ヴァイパー。あのビッチはただの厄介者だ」

「彼女をそんなふうに呼ぶな」

「こんなくだらねえことにかかわってる暇はない」

そのとき、ピーウィは致命的なまちがいを犯した。友人に背を向けて階段に向かったのだ。激怒したヴァイパーはうしろからピーウィにつかみかかった。

「放せ、イカれマザーファッカー！」ピーウィは叫んだ。

ふたりはもみ合い、取っ組み合い、ぐるぐるまわりながら屋上の端近くまで移動した。ピーウィは革の上着に手を入れ、銃を取り出した。ヴァイパーはその手首をつかんでひねった。ピーウィが銃を落とし、ふたりは激しく転げまわった。端まで来てようやく、ヴァイパーが主導権を握り、ピーウィの右腕と右脚をつかんだ。屋上の先の空中で、ピーウィは左腕を振りまわし、左脚をばたつかせた。

「言ってるだろ、ヴァイパー」ピーウィは甲高い声で言った。「おれはヨーヨーにジャンクを渡してない！」

「だが売ってることは認めた！」

「そうとも！　くそ需要と供給の問題だ、ニガー！　そんなこともわからないのか！」

その瞬間、ヴァイパーはピーウィをつかんだ手を放した。

ピーウィの体が歩道に叩きつけられた音は、あの戦争、〝パシフィック・シアター〟でしか聞いたことのない、水への落下と爆発の中間のような音だった。

ヴァイパーはピーウィの銃を拾ってポケットに突っこんだ。階段を駆けおり、誰もいないナイトクラブの裏口から外に出ると、公衆電話から友人の警官に電話をかけた。

「はい？」

「おはよう、カーニー刑事」

「ヴァイパーか？」

「自殺を通報しようと思ってね。誰かが〈ピーウィ〉の屋上から飛びおりた」

ヴァイパーは電話を切ると、急ぎ足でシュガー・ヒルの自宅に戻った。

〝ロング・ハイ〟が終わった。

10

教えて、ヴァイパー。あなたの三つの願いは何？

ヴァイパー・モートンが三度目の殺人を犯した一九六一年十一月の深夜一時四十五分、彼の二度目の殺人からは十四カ月がたっていた。ピーウィをナイトクラブの屋上から落としたことは後悔していなかった。レッド・カーニー刑事の脅しがはったりでなかったら、あと十五分で彼がニュージャージー州ウィーホーケンまでやってくる。

〈キャットハウス〉のだだっ広いリビングのソファに坐ったヴァイパーのところへ。ヴァイパーは二十人ばかりのジャズミュージシャンと百匹を超える猫に囲まれ、タイ・スティックに酔い、悲しみに打たれて、主の女男爵《バロネス》パノニカ・ド・コーニグズウォーターの質問について考えていた。今夜終わるかもしれない己の人生を振り返り、願いをふたつまで書いた。残りはひとつだけになった。

ポークチョップ・ブラッドリーは部屋の反対側に坐り、ベースを静かに弾いていた。ヴァイパーがニカの寝室でカーニーの脅しの電話を受けて戻ってきてから、ずっと彼を見つめている。ヴァイパーは旧友の眼に計り知れない悲しみを見て取った。ポークチョップは真実を知っていたのだ。まちがいない。おそらくみんなが知っていたのだ。自分以外はみんな。

そこでヴァイパーは思いついた。コーヒーテーブルからメモ帳と鉛筆を取って、三つ目の願いを書いた。

*

いま一度、一九六〇年九月に戻ろう。夜が明けようとしていた。ヴァイパーはピーウィを放り投げて殺し、小男のギャングが落とした銃を拾い上げると、シュガー・ヒルの自宅に帰った。寝室のクローゼットを開け、ピーウィの銃を隠しておく場所を探した。危険な仕事について何年もたつが、銃を所持したことは一度もなかった。クローゼットの奥にハードケースがあった。長年それを見ていなかった。ケースを開けて、父親がフランスから持ち帰ったトランペットを眺めた。若きクライド・モートンをニューヨーク行きの列車に飛び乗らせたトランペットだ。これが彼をポークチョップ、エステラ、ミスター・O、ピーウィ、ウェスト・インディアン・チャーリー、ビッグ・アル、プリティ・ポールとバターカップ、そしてヨランダ・デヴレイに引き合わせた。

その後、彼自身もフランスに行ったが、トランペットは持ち帰らなかった。代わりにヨーヨーを連れて帰った。ピーウィは正しかった。あのビッチはただの厄介者だ。ヴァイパーはピーウィの銃をトランペットのケースに隠し、クローゼットの奥に押しこむと、服を着たままベッドに倒れこんだ。昨夜は一睡もしていなかった。ヘロインを過剰摂取したヨーヨーが助かるように祈りながら、ずっと病院の待合室を歩きまわっていたからだ。ヴァイパーは深い眠りに落ちた。

けたたましい電話の音に驚いて、ベッドから転げ落ちそうになった。時計を見ると、朝十時だった。

「はい？」

「ヴァイパー、ダン・ミラーだ。いまレッド・カーニーと電話で話した。ヨランダのこと聞いたよ。ピーウィのことも。ピーウィの自殺の理由がなんであれ、われわれのビジネス上の関係に影響はない。それを伝えたくてね」

「ありがとう、ダン。ピーウィはジャンクを売ってた。マフィアとトラブルになって、グイドだか誰だかに消されるまえに、自分でけりをつけたんじゃないかな」

「おおかたそんなところだろう。うちの事務所はハーレムのあのクラブの所有権を得ることにした。名前は〈ピーウィ〉のままだ」

「それは何よりだ」

「もうひとつ」ミラーの声が柔らかくなった。「個人的なことだが。ヨランダは明らかにヘロインの問題を抱えている。治療ができるコネチカット州のクリニックに彼女を移したい。費用はすべてうちの法律事務所が負担する。今日の午前中に民間救急サービスで運んでもらう」

「ありがとう、ダン」ヴァイパーは本気で感謝を述べた。「心から感謝する」

「あなたは家族だ、ヴァイパー」

ダン・ミラーとの電話を終えるが早いか、レッド・カーニー刑事から電話がかかってきた。

「ヴァイパー、警察署へ来い、いますぐ!」

カーニーはここ数年で太ってますます血色がよくなっていた。この日の朝、悪徳警官は怒りで紫色に近くなった顔で、二十年以上使っている小さく殺風景な事務室のなかを往ったり来たりしていた。ヴァイパーは彼のまえに坐り、涼しい顔で煙草を吸った。

「また自殺だってな、え、ヴァイパー?」

「らしいね」

「ピーウィはおまえの昔からの友だちじゃないか。頭から地面にぶつかったんだぞ。歩道に散った脳みそをごしごしこすり落として、ホースの水で洗い流さなきゃならなかった」

「いたたまれない」

「妻とふたりの子供を残して」

「ああ。だが、これでサリーも実家に帰らせてもらえるかもな」

「ヴァイパー、おまえに何が起きてるのかは知らん。だが、これでおれたち全員が危険にさらされるぞ」

「どうして？」

「あの忌々しい新聞記事を読んでないのか？　ＦＢＩが違法薬物取引をこれまでになく厳重に取り締まる。標的は見つかりやすいし、報道にももってこいだからな。フーヴァー長官は、次期大統領が誰になっても自分の職に必死でしがみつこうとしてる。連邦はずっとおれたちの事業を見て見ぬふりだったが、ヴァイパー、おまえはとかく噂の人物だ。仲間が次々と死んだら、Ｊ・エドガーはおまえを見せしめにするかもしれないぞ。この事業全体が脅かされかねない」

「何が言いたいんだ、レッド？」

「言いたいのはな、次に仲間内で誰かが死んだら、ヴァイパー、おれはおまえを追うってことだ。おれたちはここで長年うまい仕事にありついてきた。だが、事業を救うために、おれはおまえを生贄《いけにえ》にするぞ」

「だろうと思った」

*

その日の夕方近く、ヴァイパーはコネチカット州まで車を走らせた。田園地帯は紅葉が始まっていて、息を呑むほど美しかった。その個人クリニックは明らかに金持ちと白人の砦《とりで》だった。銀色のキャデラックでドライブウェイに入ると、敷地を歩いていた医師や看護師、患者はみなぽかんとして、ヴァイパーを見つめた。受付の看護師は固い笑みを浮かべた。

「ミス・デヴレイはテラスでお待ちです」彼女は言った。

ヨランダは石造りのテラスに置かれたデッキチェアに腰かけ、病院のガウンを着て、ショールを体に巻きつけていた。疲れきっているように見えた。

「ああ、クライド」

ヴァイパーは傍らの籐《とう》椅子に腰をおろした。「具合はどうだ、ヨーヨー?」

「体は元気よ。でもね、どうしよう、クライド、気持ちはかなりだめ。本当にごめんなさい。わたしを赦してくれる?」

「謝ることなんかないさ」

「いいえ。あなたには言ってなかったけど、初めてヘロインを打ったのはずっとまえ、ポールといっしょにいたときだった。パリでもまたやった。いい気分になったけど、習慣にはしなかった。それが先週かそのくらいに、もう一度やったら、わたし……ああ、クライド……」

「もういい、ヨーヨー。説明しなくても」

「ピーウィのこと聞いたわ。また自殺って……?」

「ああ」

「ぜんぜん理解できない」

「理解する必要はない。きみはただ元気になればいい。ダン・ミラーが言うには、ここで一カ月間治療するって」

「ええ。リハビリですって。わたしが知りたいことはね、クライド、ここを出たあとも、わたしのそばにいてくれる?」

ヴァイパーは答えなかった。夕日を見つめながら、ただ彼女の手を握っていた。

ヨランダは二週間しかリハビリができなかった。母親が病気になり、ニューオーリンズに帰ってそばにいることに決めたのだ。ヴァイパーはヨランダを車で空港まで送った。

「がんみたい」車のなかでヨランダはそう言った。「長く、ゆっくり死に向かうと思う」

「気の毒に、ヨーヨー」

「わたし、犯した罪に罰を受けてるんだわ。そういうことよ」

「そんなふうに考えるな」

「戻ってくるから。わたしを見捨てないで、クライド。お願い、見捨てないでね」

ヴァイパーは空港ターミナルのガラス越しに、ヨーヨーが駐機場からタラップをのぼって飛行機に乗りこむのを見ていた。ヨーヨーは途中で振り返り、眼に涙を浮かべてキスを投げた。ヴァイパーは粉々になった気持ちを見せないように、手を振った。ハーレムに戻る道すがら、十二年ものあいだ己に課していたことをまた誓った——ヨランダを完全に心から締め出す、と。

*

ヴァイパーはハーレムで怖れられることには慣れていたが、ピーウィの死後、人々は彼の眼を見ることさえ怖くなったようだった。けれども、カントリー・ジョンソンだけはちがった。

「何も心配ありません、ミスター・ヴァイパー」ピーウィが落下して一週間後、ヴァイパーが信頼する部下は言った。「クラブは以前よりうまくいってます。大勢の客、売上もすごい。リーファー・ビジネスは天井知らずだし、いまやうちの売人は誰ひとりジャンクを売ろうなんて考えもしませんよ」

ヴァイパーはカントリーのことばに不思議と心が慰められた。「礼を言うよ。あの夜、病院に来てよく話してくれた」

「お役に立てるのなら、ミスター・ヴァイパー、いつでも」

同じ週、ポークチョップがクラブのバンドリーダーを辞めた。

「つまりな、クライド」彼は言った。「早期退職というやつさ。理髪店でだべりながら、日がな一日チェッカーをしてる老人の仲間入りをするのさ」

ヨランダもピーウィも話題にならなかった。ポークチョップは、ピーウィがジャンクを売っていたことや、ヨーヨーが注射をしていたことを知っていたのか、ヴァイパーにはわからなかった。知らなかったと信じたいが、ピーウィが自殺でなかったことは、ポークチョップにもわかっている。ヴァイパーがやったことも、そうせざるをえなかったことも知っているはずだが、いまはそれらから距離を置こうとしていた。

「おっと、クラブにはときどき顔を出すぞ」ポークチョップはわざと陽気に言った。「でもな、カントリーはこれからもっとロックンロールを増やすだろうし、年寄りにあれはきついからな」

「わかるよ、ポークチョップ。元気で」

「おまえもな、クライド」

*

一年がすぎた。ヴァイパーは相変わらず頻繁にロサンジェルスを訪れていた。パリにも短期間出張して、ピエール・マルシャンと仕事の打ち合わせをした。苦しさを抱えながらも、成功した。

心にヨランダはおらず、夢にすら現れなかった。それが一九六一年夏のある日、昼近くにシュガー・ヒルのアパートメントから出ると、歩道でヴァイパーを待つ彼女の姿があった。

「こんにちは、クライド」

ヨランダはまた輝かんばかりに美しく、蜂蜜色の肌は黄金にきらめき、エメラルドグリーンの眼は光を放っていた。なぜこんなにも、この女の不思議な力に心奪われてしまうのか。

「会えてうれしくなかった?」

「もちろんうれしいさ、ヨーヨー」

クールなふりをしたが、心は溶けて、苦しさが消えていくのを感じた。

「この一年、手紙は受け取ってもらえた？」

「どう思う？」

「読まずに全部捨てた」

ヴァイパーはうなずいた。

「話しましょう、クライド。あなたの部屋に行ってもいい？」

ふたりは一日じゅう抱き合った。ヴァイパーはヨランダに心も体も支配された。二十三年前、ミスター・Oの書斎で彼女を初めて見たときから、ずっとそうだった。

「あなたのもとに帰ってきたの、クライド」ベッドに裸で横たわり、互いに体をからませながらヨランダは言った。

「お母さんは？」ヴァイパーはためらいながら訊いた。

「七月に亡くなった。父が心臓発作で亡くなった二週間後に」

「たいへんだったな」

「両親は心から愛し合っていた。どちらかがいなければ生きていけないくらい。人生でいちばん大事なものが何か知っていた。わたしもようやくわかった気がする」

「これからどうしたい？」

「わたしたちが止まったところからやり直したいの。わたしがまた注射に手を出していないところから。一年前、あなたに必死でお願いしたわ、クライド。わたしを見捨てないで」

そこからは目まぐるしく事が運んだ。ヴァイパーはヨーヨーを迎え入れる心の準備がまだできていなかったので、今回もレノックス・アベニューの昔のアパートメントに住まわせることにした。五十二丁目通りの〈ダウンビート〉との交渉は綱渡りで、多少袖の下も使ったが、昨年中止するはめになったヨーヨーの一週間の出演を取りつけることができた。そしてついに十一月、ヨーヨーは初のアルバムを収録することになった。ポークチョップが引退を撤回してバンドのリーダーを買って出た。二日間のレコーディングにはヴァイパーも同席した。ヨーヨーはかつてないほど華麗に歌った。

「それで、アルバムのタイトルは何にする？」最後の一曲を終えるとポークチョップは言った。

「そうね」歌姫は言った。「マネジャーに訊いてみましょう」

「こんなのはどうだ？」ヴァイパーは答えた。「〝ヨランダ・デヴレイ　新しい始まり《ニュー・ビギニング》〟？」

「いいね」とポークチョップ。「すごくいいと思う」

「ありがとう、クライド」ヨーヨーが言った。「わたしを見捨てずにいてくれて」

*

それは本当だった。ヴァイパーはヨランダを見捨てていなかったが、まだ完全には信用していなかった。アルバムが完成した翌日、ヴァイパーはロスに飛んだ。ヨーヨーがハーレムに戻ってきてから初めての西への出張だった。予定では二週間だったが、彼女には知らせずに、予定の五日前に戻ってきた。

レノックス・アベニューのアパートメントの部屋に静かに入った。夜の十時。リビングに人の気配はなく、照明は薄暗かった。テーブルを見ると、空《から》のワインボトルと半分ほどワインが入ったグラスがふたつ、ソーセージとチーズが数切れのった木の皿、そしてライヨール・ナイフがあった。刃先が鋭く尖り、磨き上げた角《つの》の持ち手のついたナイフが。寝室の明かりがついていた。男の声がした。ヴァイパーはナイフを取って、寝室のドアにゆっくり近づいた。

「なあ、ベイビー」男が言った。「起きて。愛してくれよ」

ヴァイパーは寝室のドアを押し開けた。ナイトテーブルにはシリンジがあった。ブラとパンティだけのヨーヨーがベッドで大の字に寝ていた。その彼女の上でボクサーパンツ一丁の体をくねらせている男は、カントリー・ジョンソンだった。

「なあ、ベイビー」カントリーが言った。「起きてよ」

「この下衆野郎《げす》！」ヴァイパーは怒りを爆発させた。

カントリーは眼に恐怖を浮かべて振り向いた。「ミスター・ヴァイパー！　なんでここに？」

彼はベッドから飛びおりた。ヴァイパーはナイフを握ってゆっくりと近づいた。

「あなたが考えているようなことじゃないんす、ミスター・ヴァイパー」カントリーは訴えた。「ちょっと待って」彼は手を上げ、ヴァイパーから離れようと寝室の床をあとずさりした。「待って、ちょっと待ってください」

ヴァイパーはカントリーの喉をつかんで壁に押しつけた。カントリーが反撃しようとしたとき、ヴァイパーは彼の腹にナイフを突き立てた。

「あああああー！」

ヴァイパーはナイフをひねった。

「父さん！」カントリーが言った。「父さん！」

カントリーの眼をのぞきこんで、ヴァイパーは初めてそれに気づいた。カントリーは苦痛で眼を大きく見開き、見つめ返した。ふいにヴァイパーは確信した。これはおれの息子だ。

「父さん！」カントリーはあえいだ。

ヴァイパーの激しい怒りはおさまらなかった。ナイフをカントリーの心臓に向かって引き上げ、体をふたつに割いた。ナイフを抜いてうしろに下がると、カントリーは壁を背にずるずるとすべり落ちた。血が体からあふれ出していた。ヴァイパーは靴に血がかからないように、さらに下がらなければならなかった。

「父さん……」カントリーはうめいた。

それきり静かになった。ヴァイパーはヨーヨーに歩み寄った。手足を広げてベッドに寝そべる横には、注射器とヘロインの包みがあった。彼女は朦朧《もうろう》としていた。

「クライド、あなた？」

クライドはヨーヨーの髪をつかみ、細い首にナイフを近づけた。

「やって」ヨランダはつぶやいた。「やってよ、クライド。殺して」

血まみれのライヨール・ナイフが彼女の皮膚に触れそうだった。ヴァイパーの手が震えた。

「やって」ヨランダが言った。「当然の報いだわ」

ヴァイパーは手を放した。ナイフを床に捨て、アパートメントから飛び出した。車に乗ってシュガー・ヒルのアパートメントに戻り、シャワーを浴びて、新しいスーツに着替えた。寝室のクローゼットを開け、トランペットケースからピーウィの銃を取り出すと、上着のポケットにねじこんだ。そして、なぜか自分でもわからなかったが、またレノックス・アベニューに戻り、公衆電話からレッド・カーニーに電話をかけた。この期《ご》に及んで、まだヨーヨーを助けようとしていた。

「ヨランダのアパートメント・ハウスにパトカーをやってくれ。それと救急車も」

「誰か死んだのか？」

「ああ」

「三時間やる、ヴァイパー。それ以上は無理だ」

＊

そこからほぼ三時間後、ヴァイパーは〈キャットハウス〉のソファから立ち上がり、三つの願いを走り書きしたメモを取ると、ポークチョップのそばに行って隣に腰をおろした。ポークチョップはベースを爪弾いていた手を止めた。

「時間切れか、クライド？」

「そろそろだ。外でレッド・カーニーに会うことになっている」

「自首するのか？」

「まあ、銃を持ってるからな。撃つかもしれない」

「なんてこった、クライド」

「ところで、教えてくれ、ポークチョップ。知ってたんだな。カントリーの正体をあ

んた は知ってた」

「どうやって知った?」

「ああ」

「カントリーがニューヨークに現れて一年くらいだったかな」ポークチョップは言った。「おれは幼なじみの親友の葬式に行くために、アーカンソー行きの列車に乗ってた。食堂車にひとりでいたら、プルマンのポーターがやってきた。具合が悪そうだった。弱ってて、病気みたいだった。ずっと咳をして。末期の肺気腫だとか言ってた」

「サディアスか」ヴァイパーは低い声で言った。

「おまえの兄貴はおれのことを知ってたよ。おまえの暮らしぶりについて、何もかも知ってるみたいだった……ニューヨークのことも、ロサンジェルスのことも」

「プルマンのポーターは全米にネットワークがあるんです、ミスター・ブラッドリー」サディアスは言った。「私たちはいろんなことを知っているんです」

「おまえが置いてきた娘の話を聞いた」〈キャットハウス〉でポークチョップはヴァイパーに言った。「バーサは喉を切ったとき臨月だったが、お腹の子は助かったそうだ」

「赤ん坊のランドールは、ミシシッピ州に住むバーサの姉夫婦に預けられて育ちました」二年前、サディアスは列車のなかでポークチョップに打ち明けた。

「でもカントリー・ジョンソンはクライド・モートンと少しも似てない」ポークチョップはサディアスに言った。

「ええ。母方の親族似なんです」

「カントリーは、父親はモルヒネ中毒で死んだと言ってたが」

「それは育ての親です。私はランドールの暮らしぶりを遠くから見守っていました。あの子は本当の父親が誰か知らなかった……私が告げるまで」

「会ったのかい？」ポークチョップは訊いた
サディアスは食堂車のテーブルを掌で叩きはじめた。顔を上げ、天を仰いだ。「神の御業《みわざ》です！　主の導きにちがいない」

「何があったんだ？　いつ？」

「去年、カンザスシティからニューヨークに行く列車にランドールが乗ってたんです」サディアスの声音が説教壇の牧師のようになってきた。「あの子だとわかりました。ギャングの世界に入ったことも知ってました。彼との出会いは……神の御業だったにちがいない」

「クライドはそれを知ってるのか？」

「ランドールが話していれば。でも、あのふたりは呪われてる。神が私に幻影を見せてくれたんです。私はもうすぐ死にます。ランドールには天国でまた会えるよう祈ってます。けど弟は、あいつは地獄に真っ逆さまだ」

「なんで教えてくれなかった、ポークチョップ?」〈キャットハウス〉でヴァイパーは言った。

「おれはどうこう言える立場じゃないと思ったんだ。それに、おまえは知ってると思ってた。だからあんなにカントリーを可愛がってるんだと」

「ヨランダは知ってたのか?」

「さあな。だが、カントリーが彼女に近づいてるのはおれも知ってたよ。ジャンクを売ってるとは思わなかったが」

ヴァイパーは長く深いため息をついた。すべてを理解しきれずにいた。

「カントリーは何をしたかったんだ」また涙で眼がちくちくした。「どうして本当のことを言わなかった?」

「愛憎ってやつじゃないか、クライド。あいつはおまえのことを愛していて、気づいてもらいたかった、だが同時に、おまえのことを憎んでいて、傷つけたかった。母親が死んだのはおまえのせいだと思ってたんじゃないか。だから、おまえの大事な女性を壊して、おまえを傷つけようとした」

車のクラクションが鳴った。

「レッドだ」ヴァイパーは言った。

「気をつけろよ、クライド」

「じゃあ、ポークチョップ」

ヴァイパーは立ち上がり、バロネスのところに歩いていった。

「あら、ヴァイパー、リストはできた？」

「これだ、ニカ」

バロネスは少し震える手でメモを受け取ると、首から下げた鎖つきの眼鏡をかけてのぞき、声を出さず、ごくわずかに唇を動かしてリストを読んだ。
一、故郷を出なければよかった。
二、彼女がおれを愛してくれたらよかった。
三、誰かが真実を話してくれたらよかった。
ニカは老眼鏡をおろし、眼のまえの客をしばらくじっと見た。

「でも、ヴァイパー」彼女は言った。「これって願いじゃないわ。後悔よね」

「どんなちがいがある？」ヴァイパーは言った。「おやすみ、ニカ」

*

骨まで凍りそうな、じっとりしたウィーホーケンの夜のなかにヴァイパーは出ていった。パトカーが路肩に停まっていて、運転席に制服警官がいた。レッド・カーニーは歩道でヴァイパーを待っていた。もしカーニーを撃つなら、いまがチャンスだった。そのあともうひとりを殺して、パトカーで逃走する。

「よう、ヴァイパー」カーニーが言った。

「どうも、レッド」

「ああ、いま病院から戻ったばかりだ。ヨランダの意識ははっきりしてる。自供したよ」

「自供？」

「ランドール・〝カントリー〟・ジョンソンの殺害をね。あの男にレイプされかけたんだとさ。正当防衛で刺したと言っている。単純明快な事件のようだ」

「なんだと？」

「おまえはじつに幸運なくそったれだな、ヴァイパー。車に乗れよ。病院まで送るから、ヨランダに会ってやれ」

ヴァイパーがハーレム・ホスピタルの病室に入ると、ヨーヨーはベッドに腰かけていた。彼はこんなに疲れ果てて苦悩しているヨーヨーを見たことがなかった。

「ああ、クライド」

「具合はどうだ、ヨーヨー？」

「体はね、元気よ……」

「でも気持ちはだめだと言いたいのか?」

「自分の何がだめなのかわからないの、クライド」

「おれもだ」

「わたしは逮捕されないって、レッド・カーニーが。自由の身だって」

「ありがとう、ヨーヨー。きみは今夜、おれの命を救ってくれたのかもしれない」

「いいえ、あなたのおかげよ、クライド」

「これからどうする?」

「そうね……」ヨランダは弱々しい笑みを浮かべた。いつもの輝きがちらっとよぎった。「わたしたち、すばらしいアルバムを作ったわよね?」

「ああ」

「もっとやれる。わたしを見捨てないで、クライド。お願い。もう一度チャンスをくれる? もう一度だけでいいから」

ヴァイパーはヨランダの眼をじっと見た。何と言ったらいいのか、わからなかった。

著者のプレイリスト

この小説はジャズの歴史と神話にどっぷり浸かっている。私は四十年以上、いつも音楽を聴きながら執筆してきた。この小説の執筆中にもっともよく聴いた五十曲を紹介しよう。

『ラウンド・ミッドナイト』セロニアス・モンク、一九四八年（初録音盤）
『ラウンド・ミッドナイト』マイルス・デイヴィス・クインテット、一九五七年録音盤
『ヴァイパーズ・ドリーム』ジャンゴ・ラインハルト
『スターダスト』ルイ・アームストロング
『ウェスト・エンド・ブルース』ルイ・アームストロング
『セントルイス・ブルース』ルイ・アームストロング
『ザ・マン・アイ・ラヴ』ビリー・ホリデイ

『奇妙な果実』ビリー・ホリデイ
『奇妙な果実』ニーナ・シモン
『モーテン・スウィング』ベニー・モーテン・カンザスシティ・オーケストラ
『ジャンピン・アット・ザ・ウッドサイド』カウント・ベイシー・オーケストラ
『レスター・リープス・イン』カウント・ベイシー・カンザスシティ・セブンとレスター・ヤング（サックス）
『ドラフティン・ブルース』カウント・ベイシー・オーケストラ
『イフ・ユー・アー・ア・ヴァイパー』ファッツ・ウォーラー
『シング・シング・シング』ベニー・グッドマン・オーケストラ
『ボディ・アンド・ソウル』コールマン・ホーキンス
『A列車で行こう』エラ・フィッツジェラルド
『ザ・ムーチ』デューク・エリントン・オーケストラ
『キャラヴァン』デューク・エリントン・オーケストラ
『ジャングル・ナイツ・イン・ハーレム』デューク・エリントン・オーケストラ
『プレリュード・トゥ・ア・キス』デューク・エリントン・オーケストラ
『サッチ・スウィート・サンダー』デューク・エリントン・オーケストラ
『イン・ザ・ムード』グレン・ミラー・オーケストラ

『ココ』チャーリー・パーカー・リバッパーズ
『ナウズ・ザ・タイム』チャーリー・パーカー・リバッパーズ
『チュニジアの夜』チャーリー・パーカー・セプテット
『パーカーズ・ムード』チャーリー・パーカー・オールスターズ
『ラヴァー・マン』チャーリー・パーカー・クインテット
『ソルト・ピーナッツ』ディジー・ガレスピー・オールスター・クインテット
『マンテカ』ディジー・ガレスピー・オーケストラ
『異教徒たちの踊り』バド・パウエル
『ニカの夢』アート・ブレイキー&ザ・ジャズ・メッセンジャーズ
『リズム・イン・ア・リフ』ビリー・エクスタイン・オーケストラ
『マイ・ワン・アンド・オンリー・ラヴ』アート・テイタム／ベン・ウェブスター
『シ・テュ・ヴォワ・マ・メール』シドニー・ベシェ
『パリの四月』サラ・ヴォーン
『ソー・ホワット』マイルス・デイヴィス
『ナイーマ』ジョン・コルトレーン
『セント・トーマス』ソニー・ロリンズ
『ジャンゴ』モダン・ジャズ・カルテット

『テイク・ファイヴ』デイヴ・ブルーベック・カルテット
『ロンリー・ウーマン』オーネット・コールマン
『グッドバイ・ポーク・パイ・ハット』チャールズ・ミンガス
『ブラック・アンド・クレイジー・ブルース』ラサーン・ローランド・カーク
『溢《あふ》れ出る涙』ラサーン・ローランド・カーク
『グリーン・オニオン』ブッカー・T&MGs
『イン・ア・センチメンタル・ムード』デューク・エリントン／ジョン・コルトレーン
『イン・ウォークト・バド』セロニアス・モンク
『パノニカ』セロニアス・モンク
『クレプスキュール・ウィズ・ネリー』セロニアス・モンク

謝辞

フランスにいる同僚と芸術分野における〝戦友〟たち、とりわけ私の強力な支援者である〈リヴァージュ・ノワール〉のフランソワ・ゲリフとジャンヌ・ギュイヨンのふたりに感謝したい。本当にありがとう《メルシー・アンフィニマン》！

解説

Crime jazzed me.

——ジェイムズ・エルロイ

霜月 蒼

本書は一九六一年十一月の真夜中《ラウンド・ミッドナイト》にはじまる。

場所はニューヨークのジャズ・シーンのパトロンとして高名だったパノニカ・ド・コーニグズウォーターの家、通称〈キャットハウス〉。そこにクライド・〝ヴァイパー〟・モートンがやってくる。ヴァイパーはアフリカ系の住民が多く住む地区、ハーレムを縄張りとする裏社会の大物として恐れられている男だ。彼は一時間前に三回目の殺人を犯したばかりだった。長年の腐れ縁である刑事カーニーは、「三時間以内に街を出ろ」とヴァイパーに告げた。それからもう一時間。街を出るべきか否かを考えながら、ヴァイパーは〈キャットハウス〉にやってきた。そこには百匹を超える猫がいて、二十人ほどのジャズメンがいて、高名なジャズ・ピアニスト、セロニアス・モンクの姿もある。

ニカの愛称でジャズ界でリスペクトを受けるパノニカは、ジャズメンたちに「三つの願い」を訊《き》くことを習慣にしていた。その問いがヴァイパーにも投げかけられる。残る時間は二時間。そのなかでヴァイパーは、自分の来し方を——なかんずく過去の二件の殺しを——回想しつつ、自分の「三つの願い」は何だろうかと考えはじめる。この追想が本書の枠となる。

過去の物語がはじまるのは一九三六年。まだヴァイパーと呼ばれていなかった十九歳のクライド・モートンは、KKKに惨殺された父の形見のトランペットを片手に提げて、結婚を約束した恋人を捨てて、ミュージシャンになることを夢見てニューヨークのジャズの聖地、ハーレムにやってきた。その夢は早々に破れるも、意気消沈するクライドを哀れに思ったか、ナイトクラブ〈ミスター・O〉のバンドリーダー、ポークチョップ・ブラッドリーは理髪店での仕事を紹介するとともに、マリファナの密売を手伝わせる。ポークチョップは〈ミスター・O〉でメキシコ産マリファナ煙草の売人を務めてもいたのだ。

〝ヴァイパー〟という二つ名をもらい、クライドのニューヨーク生活はスタートする。まずは大麻密売の手伝い。やがてマリファナ密売の元締めであるミスター・Oの用心棒となり、裏社会の住人として成り上がってゆく。「ハーレムにとどまること」だけが夢だった素寒貧《すかんぴん》の青年の成長が序盤の物語となる。

はじめてナイトクラブに行ったとき、ヴァイパーはポークチョップにビルの屋上まで連れていかれる。ビルと言ってもたかだか六階かそこらだ。でもあまりの高さに彼は眩暈《めまい》をおぼえる。そんな彼が摩天楼《まてんろう》の林立するニューヨークの街を闊歩《かっぽ》し、髪を整えてクールなスーツに身を包むようになる。その昂揚《こうよう》を著者ジェイク・ラマーは饒《じょう》舌《ぜつ》に陥らぬ筆致で追ってゆく。贅言《ぜいげん》を費やさないラマーの書きぶりはエレガントであり、行間から若きヴァイパーの興奮が漂い出す。ここには青春小説のきらめきがあるのだ。

青春小説だから、もちろん恋もある。マリファナ密売や高利貸しやナイトクラブ経営で富を築いたユダヤ人ミスター・Oの邸宅に住み込むメイド、ヨランダがその相手だ。ヴァイパーよりひとつ年下の彼女にも夢があった。二十一歳になれば彼女は奉公から自由になる、そうしたらハーレムの〈アポロ・シアター〉のオーディションに出て、歌手として成功したい。そう願う彼女とヴァイパーは恋に落ちる。ヨランダがヴァイパーの新たな夢となる。

だが私たちは知っている。一九六一年のヴァイパーが犯した第三の殺人は、ヨランダの部屋で行われたことを。著者ラマーは六一年のできごとを随所に挟むことで未来の悲劇をほのめかし、読者の不安をかきたてる。ヴァイパーはヨランダを殺したのではないのか？と。

こうして物語は、ヴァイパーの犯す第一の殺人を経て、徐々に血なまぐささを増してゆく。果たしてヴァイパーの二度目の殺人はいつか。ヨランダとの恋はどう実るのか、実らないのか。ふたりの夢はかなうのか。そして第三の殺人で殺されたのは誰なのか——？

一九三六年、一九四〇年代、そして一九六一年。二十五年にわたるヴァイパーの人生をジェイク・ラマーは綴ってゆく。二十五年に及ぶ長いタイムスパンを持ちながらも、本書が三百ページ足らずの筋肉質の長編小説に仕上がっているのは、見事に省略の技法を使いこなすラマーの筆法ゆえだ。贅言を費やさぬその文体のエレガンスは、ヘミングウェイからハメットへと通じる文体／技法としてのハードボイルドのそれと言っていい。そしてヴァイパーが正義を行動原理とせず、犯罪を「解放」のよろこびとして享受していることが、本書はノワール小説なのだと告げている。主人公の衝動や欲動が社会と衝突を起こす物語がノワールだからである。

つまりノワールは秩序への反抗の物語であり、抑圧への挑戦の物語でもある。その構図をラマーは、本書前半の青春小説／成長小説のストーリーと巧みに重ね合わせる。田舎の青年が粋なスーツを着こなして高級車で乗りつける〈ハーレムのプリンス〉になるまでの物語には、たとえそれが違法行為を通じたものであったとしても、青春小説特有の生命感と、抑圧からの解放感が、色鮮やかに躍動している。それが本書の美点のひとつだ。

ヴァイパーはミスター・Oの手下として借金の取り立てをするときに、裏社会への決定的な一歩を踏み出す。ヴァイパーはミスター・Oの命令で債務者を殴るのだ。それは彼にとってはじめて白人に暴力をふるった瞬間だった。これは復讐《ふくしゅう》なのだ、とヴァイパーは思う。彼の父はKKKによって拷問の末に惨殺されている。だからこれは父の復讐、白人への復讐なのだ。白人という抑圧に逆襲する解放のよろこび。それが青春小説とノワールとアフリカ系アメリカ人の反抗の物語を、あざやかに結び合わせる。

しかし「青春」は長くつづくものではないし、暴力によってもたらされた栄光も長くつづくものではない。暗黒街の仲間入りをしたばかりのヴァイパーに、ミスター・Oは、マキアヴェッリの『君主論』をひきながら問う、「指導者にとって重要なのは愛されることとか、怖れられることか」と。この問いは本書をつらぬくものとなる。たくさんの死を目にし、自らも殺しに手を染め、あまたの裏切りを見つづけて、ヴァイパーも変容してゆく。彼に向けられる視線は敬愛から畏怖へと変わる。そしてヴァイパーの夢もまた、ハーレムのプリンスになってヨランダと愛し合うという素朴なものから、彼のために死んでいった人々についての悪夢に変じてゆくのだ。

何もないところから大都会で成り上がる若者の栄光と転落、そして悪徳のよろこび。それによって主人公にとり憑《つ》く罪悪感という亡霊と、贖罪《しよくざい》への渇望。〈運命の女《ファム・ファタル》〉をめぐる愛憎。そんな『ヴァイパーズ・ドリーム』のプロットやモチーフは、とくに新味のあるものではない。しかし本来ノワール小説にプロットのヴァリエーションは多くない。そこに迫真性を与え、主人公の内面の負の衝動をグルーヴさせて読者の心と共振させ、ひいては物語を唯一無二のスペシャルなものにするのは文体なのだ。ジェイク・ラマーの口数少ないエレガンス、ヴァイパーの運命を冷徹に映し出しつつ、そこに低糖度の都市のロマンティシズムを添えるスタイルは、読む者を幻惑し、酔わせる。

わずか二百八十一ページの小兵でありながら、本書はマリオ・プーヅォの名作『ゴッドファーザー』や、その続編である映画『ゴッドファーザーPART2』、あるいは『業火の市』にはじまるドン・ウィンズロウの〈ダニー・ライアン三部作〉といった大作たちに劣らぬ壮大な犯罪クロニクルとなった。それはジェイク・ラマーの乾いたリリシズムの賜物《たまもの》である。

本書は、イギリス推理作家協会が年間ベストの歴史ミステリーに与える〈ヒストリカル・ダガー〉賞の二〇二四年度の受賞作となった。そのことも、ラマーの腕の確かさと、本書の見事さを証明しているだろう。

というのが本書のノワール／ミステリーとしての魅力なわけだが、『ヴァイパーズ・ドリーム』にはもうひとつ大きな要素がある。ジャズだ。本書の題名も、ベルギー生まれのギタリスト、ジャンゴ・ラインハルトの曲名から採られている。

本書がはじまる一九三六年は、ジャズの主流が大編成の楽団によるビッグ・バンド・ジャズだった時代である。第二のルイ・アームストロングを目指してニューヨークにやってきたヴァイパーは、ポークチョップにトランペットの腕前を査定されることになるが、ここでポークチョップがリーダーを務めているのはナイトクラブの大編成バンドで、ダンスする客たちのためにスウィングするジャズを演奏していたのである。グレン・ミラーの「イン・ザ・ムード」や、ベニー・グッドマンの「シング・シング・シング」などをご想像いただければわかりやすいだろう。

物語が進んでヴァイパーがハーレムの「顔」になった一九四〇年代、ビバップが登場する。多くてもせいぜい六人ほどの小編成で、各奏者の精妙で複雑な即興演奏を楽曲の華にしたものとでも言えばいいか。いま私たちが「ジャズ」とか「モダン・ジャズ」とか呼ぶ音楽のはじまりである。そしてヴァイパーが兵役に赴き、一九四五年にニューヨークに戻ってくる頃には、ジャズ・シーンが一変している。ヴァイパーの旧知の理髪師はこう嘆く。

「やたらめったら速いばかりでスウィングしない。あれじゃダンスはできないさ。（中略）でたらめな音が連なっているようにしか聞こえない」

これがビバップである。先駆者とされるのがサックス奏者〝バード〟ことチャーリー・パーカー。本書冒頭でパノニカ男爵夫人の住むホテルスイートルームで変死したとある、あの人物だ。そう、この『ヴァイパーズ・ドリーム』に登場するジャズメンは、多くが実在した人物なのである。パーカーと同じくビバップ／モダン・ジャズの牽引《けんいん》者となったセロニアス・モンクも、「三つの願い」を考えつづけるヴァイパーのすぐそばにいる。日本で不動の人気を誇る「クール・ストラッティン」のソニー・クラークも泥酔して〈キャットハウス〉にやってくる。マイルス・デイヴィスもふらりとやってきて、自分はパノニカに「三つの願い」を問われて「白人になること」と返したのだとヴァイパーに告げる。

マイルスのこの答えもまた史実。だから、まるで虚構の人物のように印象的なパノニカ男爵夫人も実在した。彼女は名家ロスチャイルドの相続人で、アメリカにやってくるや、ビバップの最大の後援者となった。彼女がいなければ、ジャズは今のかたちになっていなかったかもしれない。だからジャズメンは彼女にリスペクトを捧《ささ》げ、著者ラマーのプレイリストにあるセロニアス・モンクの「パノニカ」、アート・ブレイキー&ザ・ジャズ・メッセンジャーズの「ニカの夢」といった曲を書いた。本書で彼女は「三つの願いを訊いた人には写真を撮らせてもらってる」と言っているが、〈キャットハウス〉で撮った写真とジャズマンたちの「三つの願い」の答えは、『ジャズ・ミュージシャン3つの願い』（P-Vine Books）という本にまとめられている。

　そんなニューヨークの華麗なジャズ史が、ヴァイパーの夢の物語の背景幕となっているわけである。

　マイルス・デイヴィスが『死刑台のエレベーター』のサントラを演奏し、アート・ブレイキー&ザ・ジャズ・メッセンジャーズがやはり犯罪映画『殺《や》られる』のサントラを録《と》ったように、ノワール物語とジャズは相性がいい。それは当時のジャズには、華麗さだけでなく、「死」の翳《かげ》も見え隠れしているせいかもしれない。とくにドラッグによる死が。

　チャーリー・パーカーもバド・パウエルもファッツ・ナヴァロもドラッグやアルコールの濫用《らんよう》で早世した。のちに内縁の妻に射殺されるリー・モーガンもドラッグに溺れていた。いずれもヘロインによるものである。ポークチョップは怒りとともに言う、「ジャンク（筆者註・ヘロインのこと）はミュージシャンを全滅させてジャズを殺すぞ」と。ヴァイパーもドラッグ・ディーラーだが、売るのはマリファナだけで、ヘロイン密売を憎んでいる。ポークチョップの怒りが象徴するように、本書での抗争劇は

「マリファナvs.ヘロイン」の構図をとっていて、ヴァイパーはミュージシャンを殺すヘロインを売る者たちを殺す。本書における「戦争」が、ジャズを殺すものへの戦いとして位置づけられていることには著者ラマーの意図がこめられているはずだ。

そしてもうひとつ忘れてはならないのは、ジャズがアフリカ系アメリカ人の音楽だということである。さきほど挙げたグレン・ミラーもベニー・グッドマンも白人だった。白人の指揮のもとに欧州の音楽のように整然として演奏されるビッグ・バンド・ジャズに、アフリカ系アメリカ人のジャズマンたちは過激な即興演奏で挑みかかった。だからビバップは、ブラック・カルチャーの逆襲でもあったはずだ。これも『ヴァイパーズ・ドリーム』の、もう一本の背骨である。

とはいえ、ジャズに詳しくなければ本書は面白く読めないということではまったくない。低糖度の都市のロマンティシズムを加えたクールな語り口は、それだけで第一級のノワールとして楽しめるものだ。そして、ヘロインで死んでいったジャズマンたちを、例えばブライアン・ジョーンズやジム・モリソンやカート・コベインに置き換えて読んでもいいし、〈ハーレムのプリンス〉として街を闊歩するヴァイパーにヒップホップの成功者たちを重ね合わせてもいい。ジャズはストリートの文化の象徴であるのだ。

最後に著者ジェイク・ラマーについて。一九六一年、ニューヨークのブロンクス地区に生まれたラマーは、ハーヴァード大学でアメリカ史と文学を学んだのち、タイム誌のライターを経て、パリに移住する。現在もパリ政治学院でクリエイティヴ・ライティングの教鞭《きょうべん》を執る傍ら、小説家／批評家として活動している。

作家としてのデビューは一九九一年、自伝 *Bourgeois Blues* による。初の長編小説は一九九六年に刊行した *The Last Integrationist*。近未来のアメリカを舞台にしたポリティカル・スリラーである。以降、犯罪スリラーに分類される作品を四作（に加えてフランスでのみ刊行されている *Postérité*）発表したのち、二〇〇六年の第五長編 *Ghosts of Saint-Michel* 以来、十七年ぶりの第六長編として二〇二三年に刊行されたのが本書『ヴァイパーズ・ドリーム』である。この作品はまずラマー自身の脚本によるラジオドラマとして、二〇一九年にフランス・キュルチュールで全十回で放送された。おおもとの着想は小説であったそうだが、梗概をまとめているうちにラジオドラマにもなりそうだと気づいたと、ラマーはネットメディア FUSAC fr. の取材に答えている。ラマーによれば、着想の源はアフリカ系アメリカ人の犯罪小説作家チェスター・ハイムズの作品だったという。

ハイムズはおそらく最初に成功を収めたアフリカ系アメリカ人のクライム・ノヴェル作家である。映画化された『ロールスロイスに銀の銃』をはじめとするハーレムの刑事コンビ「墓掘りジョーンズと棺桶《かんおけ》エド」のシリーズは、日本でも『イマベルへの愛』『リアルでクールな殺し屋』ほか、未完の *Plan B* を除く全作品が邦訳刊行されていた。

ラマーは自身の影響源として、ジェイムズ・ボールドウィン『山にのぼりて告げよ』、トニ・モリスン『青い眼がほしい』、リチャード・ライト『ブラック・ボーイ』などのアフリカ系アメリカ人作家の作品を挙げているが、同じアフリカ系作家であっても、チェスター・ハイムズについてはほとんど知らなかったという。だが一九九三年にパリに渡ったとき、たくさんのハイムズ・ファンの存在を知った。アメリカでは忘れ去られていたハイムズは、フランスでは高名だったのだ。ラマーはネットメディアSHOTSに寄せたエッセイで、「墓掘りジョーンズと棺桶エド」シリーズはミステリー史においてのみならず、自分にとってはアメリカ文学史においても大いなる達成であると言い切っている。

こうしてハイムズの描いたアフリカ系の悪党どもの物語を、長年愛好してきたジャズの歴史と縒《よ》り合わせて書かれたのが『ヴァイパーズ・ドリーム』だった。思えばアメリカのジャズも、フランスで芸術的な文脈で本国以上に評価され、多くのジャズメンがフランスに渡り、『サンジェルマンのジャズ・メッセンジャーズ』などの名盤も生まれた。『死刑台のエレベーター』も『殺られる』もフランスのフィルム・ノワールだった。パリに住むアフリカ系アメリカ人ジェイク・ラマーが、チェスター・ハイムズとジャズにまつわるノワール小説を書くのはほとんど運命的な必然であったように思える。

近年、『頰に哀しみを刻め』のS・A・コスビーがアフリカ系アメリカ人作家として世界的に大きな成功を収めた。しかしまだミステリーの世界ではアフリカ系作家の数は少ない。イギリスではインド系ミステリー作家の存在感が増している今、アフリカ系の作家による新たな「声」が、ミステリーの世界でもっと大きくなることを期待したい。

本稿執筆時のプレイリスト

Albert Ayler, GHOSTS
Common, BLACK AMERICA AGAIN
Miles Davis, MILES IN BERLIN
Duke Ellington, MONEY JUNGLE
Robert Glasper, BLACK RADIO

Kendrick Lamar, TO PIMP A BUTTERFLY
Wayne Shorter, SPEAK NO EVIL

◉訳者紹介　**加賀山卓朗**（かがやま・たくろう）
翻訳家。おもな訳書にチャールズ・ディケンズ『二都物語』(新潮社)、ジョン・ル・カレ『ナイロビの蜂』、デニス・ルヘイン『夜に生きる』、マーティン・エドワーズ『処刑台広場の女』(以上、早川書房)、ハイディ・ブレイク『ロシアン・ルーレットは逃がさない』(光文社)、ルー・バーニー『11月に去りし者』、S・A・コスビー『すべての罪は血を流す』(以上、ハーパーコリンズ・ジャパン)などがある。

ヴァイパーズ・ドリーム

発行日　2024年11月10日　初版第1刷発行

著　者　ジェイク・ラマー
訳　者　加賀山卓朗

発行者　秋尾弘史
発行所　株式会社 扶桑社
〒105-8070
東京都港区海岸1-2-20　汐留ビルディング
電話　03-5843-8842(編集)
03-5843-8143(メールセンター)
www.fusosha.co.jp

DTP制作　アーティザンカンパニー株式会社
印刷・製本　中央精版印刷株式会社

定価はカバーに表示してあります。

Printed in Japan
ISBN 978-4-594-09610-6　C0197